徳間文庫

龍の袖

藤原緋沙子

徳間書店

目次

夢の中

一

「姫様、剣は瞬息、思い切って打って下さい」

凜然《りんぜん》とした女の声が、広尾《ひろお》の伊達宇和島藩下屋敷《だてうわじまはんしもやしき》の庭園に響く。

頃は五月、爽やかな初夏の風が地を蹴り、池を飛び、前栽《せんざい》をすり抜けて、庭園に緑の葉を広げている紅葉《もみじ》の木々を揺らした時、声の主の姿が浮かび上がった。

声の主は、北辰一刀流千葉《ほくしんいっとうりゅうちば》道場の主《あるじ》、千葉定吉《さだきち》の二女、佐那《さな》という女剣士で御年十九歳。

幼い頃から父定吉の薫陶《くんとう》もあり、剣術、槍、薙刀《なぎなた》、乗馬といずれも免許皆伝、この頃はあちらこちらの大名屋敷に招かれて、奥の女たちを指南しているのだった。

この月初めには、この広尾のお屋敷で暮らす先代藩主伊達宗紀《むねただ》の七女正姫《まさひめ》と八女節《せつ》姫《ひめ》の、薙刀指南として召し抱えられたのである。

佐那は淡い水色の小袖《こそで》に真っ白い襷《たすき》を掛け、焦茶色の袴《はかま》を着け、髪は後頭部に一束にまとめて後ろに垂らし、綸子《りんず》の鉢巻《はちま》きをきりりと締めている。

両手には稽古《けいこ》用の薙刀を握って立っているのだが、その立ち居姿には一つの隙もない。

引き締まった顔は色白で鼻筋が通り、大きな黒目はきらきらと光っていて、椿《つばき》の花弁のような唇《くちびる》はきゅっと締まっている。

佐那は、希《まれ》に見る美貌《びぼう》を備えた娘であった。

対峙《たいじ》する正姫は、淡い桃色の小袖に紫紺の袴、額には佐那と同じく鉢巻きを締めている。

正姫も丸顔の色白美人だが、蝶よ花よと育てられた十万石の深窓の姫君。師の佐那とは同い年で闊達《かったつ》な姫だということだが、薙刀を手にして立つ気迫の違いはいうまでもない。

正姫はうっすらと頬を染めた顔を、ちらと離れた場所で見物を決め込んでいる父の宗紀に向けた。

宗紀の側《そば》には現藩主の宗城《むねなり》、世子殿《せしどの》と皆に呼ばれている正姫の兄の宗徳《むねえ》、そして奥の女中衆も背後に控えているのだった。

なんとも晴れがましい稽古となっている。

この屋敷で暮らす先代藩主の宗紀が、退屈しのぎに見物するのは頷《うなず》ける話だが、現藩主の宗城と世子の宗徳は、佐那の稽古の日には、わざわざ上屋敷から馬に乗ってやって来て見物しているのだった。

千葉道場の女剣士と聞いて、余程興味を持ったらしい。

視線を送って来た正姫に、父の宗紀が頷いて促した。

それを見て、正姫は佐那の方に視線を戻すと右足をすっと出して中段に構えた。

佐那も中段に構えて互いの切っ先を静かに合わせる。これで今日の型のおさらいは十通り目、一刻《いっとき》近く薙刀の型の指導をしてきている。

二人の間に再び緊迫の気配が走った。と、次の瞬間、正姫が薙刀を頭上に振り上げ、後ろ足を踏み出しながら打ち込んで来た。

「メン！」

「ヤア！」

佐那は一歩後退すると、薙刀の刃部《はぶ》でこの一打を封じた。

二人は再び、すっと引いて切っ先を合わせる。

「メン！」

正姫は再び面を狙って来た。佐那は後退して今度は薙刀を反転させて柄部《えぶ》でこれを受けた。すると正姫は、

「スネ！」

佐那のスネを狙って薙《な》ぐように打って来た。

「まだまだ」

佐那は薙刀をくるりと回すと、この一打もスネ近くで柄部で防いだ。

「メン！」

正姫は再び薙刀を振り下ろす。

佐那はこの一打を柄の中央で、はっしと止めると、

「よく出来ました。お見事です。今日はこれぐらいに致しましょう」

肩で息をしている正姫に言った。佐那の方は息のひとつも乱れていない。

正姫は一礼した。その額には、うっすらと汗が滲《にじ》んでいる。

すると側の女中が小走りしてやって来て、正姫に手巾《しゅきん》を両手で渡す。正姫は額の汗を押さえると、佐那と一緒に老公宗紀、藩主宗城、世子宗徳の前に向かった。

「いかがでしたか父上……」

正姫が得意そうな顔で老公宗紀に報告するのを、佐那は跪《ひざまず》いて聞いている。

「いや、佐那の指南を見物するのも、これが何度目か……流石《さすが》に千葉道場の女剣士、於正《おまさ》の上達が早いのも頷ける」

宗紀は満足そうに言った。

「正姫様には持って生まれた天分《てんぶん》がございます。わたくしの指南のよしあしではございません」

佐那は頭を上げて言った。

「いやいや、御老公がおっしゃる通りだ。わしも感心しておる。わしの目に狂いはなかったという事じゃな。今後もよしなに頼むぞ」

宗城も満足そうな顔で言った。

佐那をこの屋敷の薙刀指南として選んだのは宗城だったのだ。

「佐那！」

　すると今度は、世子の宗徳が声を掛けてきた。

「そなたは剣術も免許皆伝と聞いておる。どうじゃ、次の稽古日には、わしと一手合わせせぬか」

　御年二十七歳の世子宗徳は、挑むような目で佐那に問うた。

「ご勘弁下さいませ。わたくしは女子《おなご》でございます。大膳《だいぜん》様のお相手がつとまるとは思えませぬ。負けは決まっておりまする」

　佐那は謙遜《けんそん》して断った。

　もともと、千葉道場では男弟子と女弟子の間には不文律《ふぶんりつ》があって、男女が稽古や試合で相対するのを禁止している。佐那がいくら力を付けようとも、父の定吉は千葉道場内で男の門弟と竹刀《しない》を交えるのを許していなかったのだ。

「何、かまわぬ。わしの剣術指南は鏡新明智流《きょうしんめいちりゅう》桃井春蔵《もものいしゅんぞう》だ。そなたは北辰一刀流の千葉定吉が師匠。流派を超えての手合わせは面白いではないか」

「でも……」

　困った顔を上げた佐那に、

「兄上様、佐那は私の指南役。兄上様の側の者ではございません。困らせないで下さいませ」

正姫が側から口を添える。だが、

「何、もう決めた、決めたぞ。佐那、よいな」

宗徳は楽しそうに笑って立ち上がると、さっさと屋敷に大股で帰って行った。

「ごめんなさい佐那、兄上は言い出したら聞かないお人です。こうなったからには仕方ありません。遠慮せずに打ち負かしなさい」

正姫の言葉に、宗紀も宗城も女中衆もくすくすと笑った。


佐那は幸せだった。千葉道場の娘として生まれ、こうして指南役として出向いている事を誇りに思っている。

この広尾の屋敷の他にも佐那はいくつもの大名屋敷の奥に出向いて指南しているのだ。


特に正姫とは同い年ということもあり、なにかしら気持ちが通じ合って、薙刀の稽古の後は、たわいない世間の話に花が咲く。

正姫は、どのような話でも興味深い目をして、もっともっとと佐那に話をせがむのだった。

佐那はこの日も正姫としばらく談笑した後、屋敷を辞した。

門を出て緑陰の道に出た時、

「やあ……」

前方に背の高い男が、飄々《ひょうひょう》とした風体で現れた。

男は、袖に入れていた手をひょいと上げると、にこにこしながら近づいて来る。

――龍馬《りょうま》さま！……。

佐那の顔に笑みが広がっていく。

近づいて来る男は土佐《とさ》の坂本《さかもと》龍馬だった。

「佐那殿、まっこと久しぶりじゃき、元気じゃったかよ」

龍馬は佐那を眩《まぶ》しそうに見て立ち止まった。

「龍馬さま！」

佐那は龍馬の胸に飛びこんで行こうと走りだした。ところが、

「あっ」

辺りは突然真っ暗になった。恐怖で立ち竦《すく》んだその時、

「うわっ！」

龍馬の叫び声が聞こえた。

「龍馬さま、何処《どこ》！」

佐那が叫ぶが、暗闇の中から聞こえて来たのは、激しく撃ち合う剣の音と断末魔の声だった。

「龍馬さま！……龍馬さま！」

佐那は必死になって叫んだ。叫びながら闇の中に手を伸ばしたその時、

「佐那さま、佐那先生！」

佐那は呼び声で目が覚めた。

飛び起きると、女中のふみが入って来た。

「本日、小田切《おだぎり》先生がおみえになるそうです。今使いが参りました」

ふみは告げたが、佐那の顔を案じ顔で見ている。

「小田切先生が……」

佐那はべっとりとかいた首の汗を手の甲で拭《ぬぐ》った。下着も汗で湿っているようだ。

「どうかなさったのですか。お顔の色が真っ青です」

ふみは言った。

「大丈夫です。夢を見ていたようです」

佐那は苦笑して立ち上がった。

たった今佐那が夢に見ていた広尾の伊達宇和島藩下屋敷の光景は、十九歳だった安

政三年の初夏のことだ。

そして龍馬が暗殺されたと知らされたのは、慶応三年十二月のこと、佐那はその時三十歳になっていた。

龍馬が暗殺された翌年には維新となり、現在は明治二十五年、佐那は五十五歳になっている。

この歳になっても尚、薙刀指南に励んでいたはつらつとした頃と、その後龍馬の死を知らされて、息も止まりそうになった時の驚愕《きょうがく》を、佐那は今もって夢にみることがあるのだった。

艱難辛苦を乗り越えてたどり着いた終の棲家、この千住の地で佐那は今『千葉灸治院』の看板を掲げて灸の治療を行っているのである。

千葉の灸を求めてやって来る人は後を絶たず、これまでの人生の中で今が一番多忙かもしれないと佐那は考えることがある。

千葉の灸は、伯父の千葉周作《しゅうさく》が水戸《みと》家に召し抱えられていた時に水戸家の典医《てんい》石川曲直彦《いしかわまなひこ》から伝授された治療法で、周作はこれを弟の定吉に伝え、定吉は長男の重太郎《じゅうたろう》と佐那に伝えたもので、他の灸にはない秘伝だというのが人気を呼んでいる。

灸治院は今、佐那と妹の里幾《りき》、里幾の息子で佐那の養子となった勇太郎《ゆうたろう》、もう一人の妹のはまとその夫の熊木庄之助《くまきしょうのすけ》、そして女中のふみとつね、下男《げなん》の松蔵《まつぞう》、総勢八人で日夜奮闘しているのだが、まだ手が足りないほどだ。

なにしろ一昔前だったら会うこともかなわない身分の高い人たちまで、馬車で乗り付けてくる。

むろん下町の人たちもやってくるから、待合はいつも満席となっている。

ふみが今告げた小田切という名の人も、甲府《こうふ》の民権運動家で名を謙明《けんめい》と言い、山梨県ではずいぶん名の知れた立派な方だと聞いている。

小田切謙明がこの灸治院にやって来るようになったのも、明治になって時の人となった板垣退助《いたがきたいすけ》から、佐那の灸を受けるよう勧められたからである。

「ふみさん、小田切先生がおみえになるのは、午前中ですか、午後ですか？」

佐那は、手ばやく帯を締めながら、佐那の脱いだ物を片付けているふみに訊《き》いた。

「はい、午前です。十時頃になるとおっしゃっていました」

ふみは言い、

「お食事の用意は出来ていますから」

そう告げて部屋を出て行った。

佐那は急いで居間に向かった。

居間では膳を並べて同居している妹の里幾と勇太郎が待っていた。

もう一人の妹のはまと、その夫の庄之助は近くの仕舞屋《しもたや》に住んでいて、通いでこの灸治院にやって来る。

治療室で人の気配がするところを見ると、はまと庄之助はもう既に来ていて灸治の準備をしてくれているらしい。

「お姉さま、今日はずいぶんお寝坊だったのですね」

佐那を待っていた里幾が言う。すると、

「私はもう素振り百回行いました」

勇太郎は報告する。今も剣術に熱心な勇太郎を、佐那はとても気に入っている。

「ごめんなさい。いただきましょう」

三人は膳の朝食に箸《はし》を付けた。

二

「佐那さま、小田切先生が到着されました」

女中のつねが、患者に灸治を施していた佐那に告げた。

「里幾さん……」

佐那は背後の方で灸を施している里幾に顔を向けた。

部屋の中は灸の煙がうっすらと立ち、灸の香りが部屋の隅々まで覆っている。

「こちらもお願いします」

佐那は里幾に後を頼んで玄関に出た。

小田切謙明は、丁度人力車から車夫の手を借りて妻の豊次《とよじ》と降りるところだった。

松蔵が走って行って出迎える。

謙明は、ゆっくりだが歩を進めて玄関に入って来た。

「佐那さん、お願いします」

豊次が笑みを湛《たた》えた顔で言った。

謙明は中風《ちゅうぶ》とはいえ顔には張りがあり、育ちの良さそうな整った目鼻立ちながら、生《き》一本の硬骨漢といった風貌をしている。

また豊次も鼻筋の通った美しい顔立ちの上品な女性だが、夫の健康を気づかい、片時も夫の側から離れず帯同する強い心が、立ち居振る舞いに現れている。

小田切夫婦と佐那はまだ数ヶ月のつきあいだが、妙に気が合い、互いに信頼しあうまでになっている。

おそらくそれは、小田切が民権運動家であり、板垣退助と深い繋《つな》がりがあるということも根底にあるのかもしれない。武士だ町人だ百姓だなどという枠をとっぱらった新しい世を作りたい。世の中を変えたい。

寝食を忘れて命を懸けて奮闘し、最後には惨殺された龍馬に通じるものを、佐那は謙明の姿に感じていたのだった。

「さあどうぞ、お寒いのに大変でしたね」

佐那は小田切夫婦を小部屋に誘った。既に炭が入っていて部屋は十分に暖まっている。

豊次は夫を治療用の布団の上に座らせるなり、コートを脱がせ、上着も脱がせて、かいがいしく世話を焼く。

「もう師走《しわす》ですから寒いのは仕方のない事なんですが、手にも足にもしびれが来て、佐那さんに灸治をしていただくと随分楽になる。主人はそう申しております」

豊次は夫に代わって説明する。

「す、すみませんな」

謙明は笑みをみせたが、その口元は少し歪《ゆが》んで見え、声は少し震えていた。

「横になって下さいませ」

佐那は謙明の体を妻の豊次と一緒に横にすると、これから灸治を行う場所に細い筆を使って針の先ほどの小さな印をつけて行く。手三里《てさんり》、外関《がいかん》、曲池《きょくち》、合谷《ごうこく》、足三里《あしさんり》と……。

それが終わると、常から艾《もぐさ》をひねって用意してある米粒大《べいりゅうだい》の艾炷《がいしゅ》を印の上に立て、線香で火をつけていく。

火のついたお灸から、微《かす》かに白い煙が立ち上って来る。静かな部屋に、ゆらゆらと立ち上るお灸の煙は、その香りとともに、妙に心を癒やしてくれるから不思議だ。

千葉の灸は、頃合いを見てこの火を消すのだが、これを点灸《てんきゅう》と呼び、灸治はひと月に一度ほど普通は行う。

夫の体から立つ灸の煙をじっと見詰めながら、豊次は呟《つぶや》くように言った。

「ずっとこの東京にいて佐那さんの灸治を受けていたいのですが、甲府の家も長い間留守にしています。夫を応援してくださっている皆さんも心配しておりますし、甲府に帰りたいと思っているのですが……」

どうだろうかという目で佐那を見た。

この三ヶ月、謙明は治療のために千住で宿を取り、灸治を行ってきたのだが、甲府に帰るとなると灸治を受けられなくなるために向後《こうご》の病勢に不安があるのだ。

「分かりました。ではこうしましょう。この灸治については一家相伝ですから、本当はどなたにもお教えすることはできないのですが、でも事情が事情です。寒い季節に甲府から出て来る事はむつかしいでしょう。ですから豊次さんに灸治の仕方をお教えしましょう」

「ありがたい……」

謙明は震える手を上げて礼を述べた。

この灸治院にやって来た時は、歩行も難しそうな様子だったのに、近頃では豊次の手を借りて歩ける程に回復している。

謙明の表情には、ほっとしたものが見えた。豊次も、

「その言葉を聞いて安心致しました。佐那さん、この通りです」

手を合わせるようにして礼を述べた。夫を案ずる妻の心がその必死な表情に垣間見える。夫唱婦随、どのような時にも助け合って生きてきた二人の姿は佐那には眩しく見えた。

佐那は頷くと、豊次に説明した。

「豊次さん、まず、今灸治をしている場所を忘れないようにして下さいね。常にこの

場所の印が消えないように気を付けて下さい。そして、今日施した同じ艾炷もお渡ししますから、それを印の上に立てるようにのせて火をつけて下さい。頃合いを見て、また体調も見て、火を消すように……そうして冬の間をやり過ごして、暖かくなったらまたいらして下さい」

「ありがたいことです。恩にきます」

豊次は深く頭を下げた。


灸治が終わり、謙明が体を起こして衣服を整えた頃合いを見計らって、ふみがお茶を運んで来た。

佐那はお茶を勧め、自分も湯飲み茶碗を手に取った。

謙明も豊次も美味《おい》しそうにお茶を飲んだ。そしてふと思い出したように豊次が言った。

「佐那さん、佐那さんは坂本龍馬という方と、どういう繋がりがおありなんですか」

「!……」

佐那は思わず言葉につまった。すると豊次は続けて言った。

「いえね、こちらの灸治院に参りましたのは、板垣退助先生に勧められたとお話しましたね」

「ええ……」

静かに応えるが、佐那は胸に微かな波立ちを覚えていた。

「板垣先生はその時、佐那さんという方は、坂本龍馬殿とはゆかりのあった人だ、そうおっしゃったのです。差し支えないようでしたら、どのようなご縁があったのか、お話いただけないでしょうか」

佐那は小さく笑った。話そうか話すまいか迷いがあった。

「私も是非……」

謙明も真顔で佐那を見詰めると、

「実は今から十三年前の明治十二年十一月、板垣先生率いる愛国社の会合が大阪でありましたが、私は山梨を代表して参りました。先生の演説は素晴らしいものでした。民の気持ちを反映した政治でなければならぬ。そのためには民選議院を設立しなければならないと……私は話を聞いて奮い立ちました。これこそが新しい世の政治じゃないかと。板垣先生の演説が終わると皆先生に駆け寄って握手をしましたが、その時先生は『板垣が今日あるのはひとえに坂本先生と中岡《なかおか》先生のお陰だ。ご両人の無念を晴らすためにも、民選議院の設立はやりとげなければならないのだ。坂本先生が描いていた世界は、今の世のこんな世界ではないのだ』そうおっしゃったのです。またこうもおっしゃいました『坂本先生は無念にも殺害されたが、成し遂げたものは計り知れない。坂本先生がいなかったら維新はなしえなかったのではないか。今この明治の世を享受している我々は、坂本先生のような命を懸けて維新へと導いてくれた方々を忘れてはならない』と。恥ずかしながら甲府で民のために地道に人生を懸けてきた私にも、坂本龍馬先生の熱意は心に響いておりいます。その坂本龍馬先生と佐那さんは縁があるのだとお聞きして、妻も私もずっと気になっていたのです」

謙明は灸治に来た病人とは思えないほど、顔を高揚させて佐那に告げた。

佐那は嬉しかった。

自分が愛した龍馬が心底から評価されている事をわがことのように誇りに思った。じわりじわりと熱い気持ちがこみ上げて来て、

「私は、北辰一刀流千葉道場の娘です。龍馬さまとは父の許しも得て二世《にせ》を誓った仲でした」

佐那は頬を染めて告げた。

「えっ、それじゃあ許嫁《いいなずけ》だったとおっしゃるのですか」

豊次が驚く。

「はい、かなわぬ夢で終わってしまいましたが……」

佐那は苦笑したが、ふと思い出して、

「少しお待ちを……」

驚いている小田切夫婦を小部屋に置いて、急いで自室に向かった。

そして押し入れの中から文箱《ふばこ》を取り出して、まじまじと見た。

文箱には蒔絵《まきえ》が施してあった。水辺の草むらに二羽のつがいの鶴が首を上げて鳴いている絵である。二羽のつがいはむろん自分と龍馬だった。

龍馬と一緒になれるようにと願いを込めて、わざわざ作らせたものだった。

佐那はその文箱を持って小部屋に引き返した。

何が始まるのかと興味深げに目を向けている二人の前に、佐那は静かに文箱を置き、蓋をとって、中に入れてあるものを取り出して二人の前に置いた。

絹地を黒く染めた袷《あわせ》の袖。その袖には桔梗紋《ききょうもん》がついている。

「この袖……まさか！」

驚いて顔を上げた豊次に、

「龍馬さまの形見《かたみ》です」

佐那は言った。

「じゃあ、この袖の紋は坂本様の紋なのですね」

豊次は、目を丸くして訊く。

「はい、龍馬さまに着ていただきたくて、二世の約束を交わした後に、私の手で縫ったものです。上方に向かう時に一度肩に掛けてもらったのですが、着用は記念の日にと文を残して……でもその後お会いすることもなく、突然訃報を聞いたのです。ですから一度も着ていただくことはありませんでした。でも、私にとっては、やはりこの袖は龍馬さまの形見……」

佐那は言葉を詰まらせた。まさかこの歳になって三十年近く前のことで、こんなに熱い感情がこみ上げてくるなどとは思ってもみなかった。

佐那は恥ずかしくなって呼吸をただして、

「遠い昔の話です……」

豊次の顔を見た。豊次は痛々しそうな目で佐那を見返すと、

「お気の毒に……そのようなこととはつゆ知らず、お尋ねしてすみませんでした」

神妙な顔で言った。

「いいえ」

佐那は首を横に振った。

「結婚はかないませんでしたが、二世を誓った方が龍馬さまだったことを誇りに思っています」

きっぱりと言った。

「さようです、そうですとも。いやいや、坂本龍馬先生の許嫁だったとは驚きましたが、なるほどと納得もいたしました。ずっと佐那さんの立ち居振る舞いを拝見していて、落ち着いていて品があって、これはどのような方なんだろうと謎でした」

謙明がそう言えば、豊次も、

「秘伝のお灸を施していただいたこともそうですが、坂本龍馬先生と深い縁のあった佐那さんに巡り合えたことも、大変ありがたく嬉しく存じます。佐那さん、暖かくなりまして、お時間がもし出来ましたら、どうぞ山梨に一度いらして下さいませ。明治になってから植えた桃の木の花が咲く頃には、一面桃源郷と見紛《みまが》うほどの景色を見ることができます。そうそう、夫が掘り当てた温泉もございます」

「温泉が……それは是非伺いたいものです」

佐那と小田切夫婦は、しばらく談笑した後立ち上がった。二人は明日早朝発つという。

人力車に向かう謙明の歩行の様子が、やって来た時とは比べものにならないほど良くなっているのを見て、佐那はほっとしていた。

人力車に乗り込んだ謙明は、笑みを湛えた顔で佐那に手を上げ、宿に引き上げて行った。

蒼い風

一

その夜、夕食を終えた佐那は自室に入ると、文机《ふづくえ》の上に置いていた文箱の蓋《ふた》を取った。

文箱の中には、今日小田切夫婦に見せた坂本龍馬に縫った着物の袖が二つに折りたたんで入っている。

そして、これは小田切夫婦には見せることはなかったのだが、もうひとつ、文箱には大切なものが入っていた。

忘れもしない慶応三年十二月、龍馬の訃報を聞いた佐那が、自身の髪を切り、自害しようとした時の、切り落とした黒髪の一部である。

半紙に包んで袖と一緒に忍ばせていたのである。

――私の人生は、この袖に翻弄され、この袖に泣き、この袖に守られてきたように思える……。

佐那は、そっと袖の上に手を置いて、その絹の変わらぬ柔らかな感触を掌《てのひら》で確かめた。

そして蓋を閉め、押し入れの元の場所にしまった。

だがその時だった。文箱を置いた下段から、こよりで綴《と》じた冊子が数冊こぼれ落ちた。

佐那はそれを拾った。それは佐那がつい先年まで書き付けていた日記だった。

日記は三冊、重ねて押し入れに押し込んでいたのである。

経年のため紙が少し赤茶けているのは、佐那の娘時代から書き付けてきたものだったからだ。

佐那は重ねて元の場所にしまおうとしたのだが、ふっと手を止めた。日記を持って文机の前に座った。

昔の日記を読むのは何年ぶりだろうか。

二度と読みかえすまいと思っていたが、小田切夫妻が龍馬との関係を尋ねてくれたことや、小田切謙明が龍馬を心から尊敬してくれていると知ったことで、佐那の心に火が点《とも》った。

——いや、初めて火が点ったというのではなかった……。

龍馬の存在は佐那の胸の中で、ずっと埋《うず》み火《び》のように潜んでいたものだ。

佐那は卓上用の置きランプの芯を長くした。炎は一段と大きくなった。

昔は行灯《あんどん》や燭台《しょくだい》を頼りにしていたのだが、それに比べるとランプは格段の明るさがある。

佐那は、ひとつ息をしてから表紙を捲《めく》った。

この日記の始まりは、佐那が初めて龍馬と会った時から書き始めていた。

それは今朝夢に見た、伊達宇和島藩の薙刀指南になる三年前のこと、佐那が十六歳の頃のことだった。

当時から北辰一刀流の道場は二つあった。ひとつは千葉周作の玄武館《げんぶかん》がお玉ヶ池に、そしてもうひとつは、佐那の父千葉定吉の千葉道場が鍛冶橋《かじばし》外の旧狩野探淵《かのうたんえん》屋敷にあった。

この頃周作は水戸藩に召し抱えられていて、水戸では弘道館《こうどうかん》という名の道場を開いていた。

そこで佐那の父定吉は、周作が水戸藩に抱えられた頃から兄にかわって玄武館を守り、まだ幼かった兄の子息にも剣術を伝授していた。

子息たちが免許皆伝になるや、自身も鍛冶橋外に千葉道場を開いたという訳だ。

お玉ヶ池が武士の子弟がほとんどだったのに比べ、鍛冶橋の道場では町人や女にも入門を許している。

二つの道場の人気は次第に二分するほどになるのだが、龍馬が初めて江戸にやって来た嘉永六年には、定吉はお玉ヶ池の道場にも顔を出し顧問として面倒を見ていた。

しかも定吉は、丁度龍馬が江戸にやって来た頃には、鳥取藩に召し抱えられていて、道場は倅《せがれ》の千葉重太郎が稽古をつけるようになっていた。

ところがその重太郎も龍馬がやって来た嘉永六年四月には、父定吉に続いて江戸の鳥取藩邸の剣術取立格として召し抱えられていたのだった。

この時期、剣術道場は大盛況だったのだ。北辰一刀流も二つの道場を合わせれば、弟子は数千人はいた。

江戸の四天王といわれている、直心影《じきしんかげ》流の男谷《おだに》道場、神道無念流《しんとうむねんりゅう》の斎藤弥九郎《さいとうやくろう》道場、鏡新明智流の桃井春蔵道場と、いずれも盛況だったのは、やはり世の中がなんとなく不穏な空気に包まれていたからではないか。

佐那もまた、北辰一刀流一門の娘として、幼い頃より剣術や薙刀など武術に力を入れてきた。

この時千葉道場で暮らしていた佐那の家族は、父の定吉、母の瀧《たき》、兄の重太郎、重太郎の妻幸《さち》、重太郎の娘しげ、佐那の姉で長女の梅尾《うめお》は嫁入っていなかったが、二女佐那、三女里幾、四女幾久《きく》、五女はま、そして女中のなつ、かな、下男の常次《つねじ》、家族九人と使用人三人だった。

龍馬に初めて会ったその日、佐那は母の瀧に頼まれて女中のなつを供にして使いに出た。

母の血の道の薬を本町一丁目の生薬屋《きぐすり》で受け取り、さらに本石町《ほんこくちょう》の呉服屋で、かねてより頼んであった、姪《めい》っ子しげの肌着や着物にする生地を受け取ると、それをなつに手渡し、

「おまえはここから帰りなさい、私は少し用がありますから」

にこっと笑った。

「佐那お嬢様、まさか玄武館にいらっしゃるのではないでしょうね」

なつの顔に不安がよぎる。

「いいえ、違います」

佐那はきっぱりと否定するが、

「だっておぐしもお稽古の時と同じですし、お召し物も袴《はかま》……」

なつは、佐那の凜々《りり》しすぎる姿を見て、ずっと気になっていたようだ。

二月《ふたつき》ほど前だったか、佐那は玄武館に出向いて男の弟子たちを打ちのめし、それを後で知った定吉に厳しく叱られている。

いつも佐那の供をするなつも、

「お前は歳が上なんだから、佐那が無茶をする時には止めてくれなければ」

などと、とばっちりを受けて定吉に厳しく叱られている。

「私も佐那さまについていきます」

なつは言った。

「駄目よ、母上が待っているんですよ。遅くなると叱られます。さあ、お帰り」

佐那はなつの背を押した。

なつは、後ろを何度も振り返りながら、しぶしぶ鍛冶橋外に帰って行った。
佐那はなつを見送ると、すぐにお玉ヶ池の玄武館に向かった。
玄武館の門弟は武士の子弟だ。稽古だって激しい。女子供への指南である。なまぬるくて
ところが千葉道場で佐那がやっているのは、女子供への指南である。なまぬるくて
体がうずうずしているのだ。それに時には自分の腕も磨きたい。
玄武館の道場の門をくぐると、激しい竹刀の打ち合いの声が聞こえてきた。
勝手知ったる所だ。佐那は小部屋に忍び込んで、袴の股立《ももだ》ちをとると、面を着け、
胴を着け、小手を着けた。
具足を着けたのは女と分かるのを防ぐためだ。顔が分からなければ少年剣士かと思
うだろう。
そして、保管してある竹刀の中から、掌に合う物を選んで、さらにそれを二、三度
振ってみてから道場に入った。
「えい！」「とう！」「メン！」などと鋭い声を発して弟子たちが打ち込みをやってい
る。
佐那は道場を見渡して、父の姿のないのを見てほっとしたが、兄の重太郎が指導を
しているのが目に入った。

――まずい……。

そう思った時、竹刀を手にして、つかつかと近づいて来た男がいる。

六尺近くありそうな背の高い男で、紺の小袖に茶色の袴をゆったりと着付けていて、御府内の旗本御家人などにはない少し奔放な感じがした。

「どうだ、一手交えぬか」

男はにやりとして言った。

「何故私を指名する」

佐那は凛とした声で言い返した。

男はふっと笑って、

「わしは今日入門した者じゃき。誰かに手合わせを願おうと見物しちょったところやけんど、おぬしが一番強そうじゃと見た」

「何一つ武具を着けずに？」

佐那は男の形《なり》を見た。

「かまわん。得物《えもの》は竹刀じゃき、一本勝負で、どうぞえ？」

男は佐那の顔を覗いて来る。

――あつかましいな、それにこの訛《なま》り……。

佐那はきっと見た。自分を侮《あなど》っているなと思った。一本とれば図々しい態度も控えるだろう。

そうは思うものの佐那は困った。視線の向こうには兄の姿があるからだ。いくら武具を被っていても兄には見破られるに決まっている。

男は佐那の逡巡《しゅんじゅん》を見破ったのか、またにやりと笑って、

「千葉道場の女剣士、佐那殿ですろう……そなたがここに入って来るなり、皆が噂《うわさ》しちょったきに、めっぽう強いて」

佐那は、むっとなって切り返した。

「自分の名を先に名乗るのが礼儀」

「いやあすまん。わしは土佐からやって来た坂本龍馬という者じゃき。土佐では小栗《おぐり》流日根野弁治《りゅうひねのべんじ》道場で和兵法事目録《わへいほうのこともくろく》を受けちょるきに」

龍馬は佐那の目を覗く。

──小栗流……試してみるか。

佐那はそのかされて、首を縦に振った。

「いざ……」

二人は道場の一角で竹刀を構えた。

すぐに兄の重太郎が気づいたらしく、こちらを気にする姿が見えたが、佐那はそ知らぬ顔で正眼に構えて立った。

坂本龍馬も正眼に構えている。

次の瞬間、二人はするすると右手に移動した。再びその場所で対峙《たいじ》する。

――隙がない……。

佐那の読みは外れたようだ。

龍馬は飄々《ひょうひょう》としていて隙があるように一瞬見えるが、いざ構えると泰然《たいぜん》として、打ち込めそうで打ち込めなかった。

二人はしばらく睨《にら》み合った。だが次の瞬間、二人は激しく打ち合った。

激しく踏みこむ足の音、竹刀の音が道場に響いた。

緊迫した空気が流れ、打ち合いの稽古をしていた弟子たちが、壁に退いて並んで見物し始めた。

「流石《さすが》千葉の女剣士だ」

龍馬がまたにこりと笑った。そして龍馬は右寄せに竹刀を立てた。八双の構えだった。

今度は佐那がすっと動いた。わざと動いたのだ。誘って打つ、仕掛けたのだ。

すると、龍馬が打ちかかって来た。

「ヤア！」

「トウ！」

佐那はその太刀《たち》を打ち払った。だが龍馬の一撃は、手がしびれる程重いのが分かった。

——腰抜けかと思ったが、意外に強い……。

佐那は一瞬ひるんだ。

二人は飛び退《の》いて再び正眼に構えた。ところが再び龍馬は八双に構えた。

「ヤア！」

龍馬が打ち込んで来た。佐那はこれを打ち返すと同時に、

「メン！」

龍馬の額を狙って打った。

「それまで！」

重太郎の声が飛んだ。

佐那の竹刀は龍馬の額一寸手前でぴたりと止めていた。武具を着けてない龍馬の顔を流石に直撃は出来なかったのだ。

——勝った……。

と佐那は思ったが、なんと龍馬の竹刀が、メンを打つために伸びた佐那の胴一寸手前で止まっていた。

「相打ちだな」

重太郎が言った。だが龍馬は、

「いや、佐那殿の勝ちだ。わしの剣は一拍遅れている。参りました、佐那殿は強い」

龍馬は竹刀をおさめて一礼した。

佐那も一礼して応じたが、くるりと背を向けて道場を出た。

「佐那……」

兄の呼ぶ声に振り向きもしなかった。

——不覚だった……。

兄は相打ちだと言ったではないか。田舎者と引き分けたことが悔しかった。佐那は部屋に戻ると武具を脱ぎ捨てた。

——いつかきっと、もっとはっきりとした形で決着をつけなくては……。

佐那は心に誓った。

「佐那、父上がお呼びだ」

翌朝佐那は、朝食が終わって部屋に引き上げようとした時、兄の重太郎に父の部屋に行くよう告げられた。

「重太郎殿、佐那が何か？」

母親の瀧は、案じ顔で倅の重太郎に尋ねる。側《そば》にいた妹たちは、また叱られるんだとくすくす笑って見ている。

「いえ、心配には及びません」

重太郎は母にそう言い置いて、自分も佐那が向かった父の部屋に入ったが、いきなり佐那に睨まれた。

「兄上が話したのですね」

「わしが伝えてあったのだ。佐那が現れたら追い返せと……」

定吉が言った。

重太郎は困った顔でそっぽを向いている。

「私はお稽古に出向いただけです。父上、父上は剣術に男も女もない。そうおっしゃって、この千葉道場では、女子《おなご》にも薙刀の稽古をさせているではありませんか」

佐那は抗弁した。

「女は薙刀だけだ。それに玄武館はここと は違うのだ。むこうは武士の子弟に限って弟子をとっている。そこにお前が、女のお前が姿を現すのは良くない。士気《しき》に関わる」

「士気に関わるって、その言葉、納得できません。女の私に負けたくなければ稽古して強くなれば良いではありませんか」

言い返す佐那に、横合いから重太郎が言った。

「お前に負かされて気分を害する者もいるのだ。実際、二月前かな、お前が打ち負かした男は、辞めていったのだ。体調が悪いなどと言っておったが、お前に負けたことで恥ずかしくて道場にいられないと思ったのだろう」

「ばかばかしい。弱虫のする事です。このたび手合わせをした坂本なんとかという者は、参りました、と屈託ない顔で笑っていたではありませんか」

佐那はどこまでも食い下がる。

「あの男は変わり者だ。入門してまだ数日だが、武士を鼻にかけて肩をそびやかすところなんぞかけらもない。ただ剣術が好きで江戸に修行にやって来た者だ」

兄妹二人の会話を聞いていた定吉が渋い顔を佐那に向けた。

「佐那、もう一度言っておく。お前は女だ。剣術も良いが、針仕事など女が身に付けねばならぬことも大事だということだ。来年は十七歳、縁談の話も出てくる」

「父上、私はお嫁には参りませんから。第一、父上も兄上も鳥取藩に召し抱えられて……兄上が鳥取藩邸に出向かれる日は、師範代が代わりをつとめてくれておりますが、やはり私がいなくては困るのではありませんか」

ここぞとばかり佐那は言う。

「お前が案ずることではない」

「私は、剣術で身を立てるつもりですから」

「佐那……」

定吉は苦笑して重太郎と顔を見合わせた。

佐那はそこで父の部屋を辞した。

――お嫁になど行きたくない……。

嫁に行った姉の梅尾の苦労を知っているだけに、もっと違う生き方もあるのではないかと考えていた。

数日後の事だった。

門弟の一人で清太郎《せいたろう》という者が興奮した様子で千葉家に駆け込んで来た。

「先生、大変です！」

丁度重太郎が稽古着に着替えて道場に向かうために自室から廊下に出たところだっ

た。

清太郎は庭から駆け込んで来て、重太郎を呼び止めたのだ。

「なんだ、そんなに慌ててどうしたのだ」

重太郎は立ち止まって清太郎を見た。

清太郎は呉服問屋の跡取り息子だが剣術好きで、定吉がここに道場を開いてすぐに入門している。

剣術の筋はいまいちだが、顔が広くて、千葉道場に多くの門弟をひっぱって来てくれている。

「どうもこうもありませんよ。今朝飛脚から聞いた話では、浦賀沖に黒船が現れたようなんです」

清太郎は走って来たのか息が切れている。

「何、黒船だと……」

重太郎は驚いて竹刀を手にしたまま縁側に腰を落とした。

「詳しく話してくれ」

「はい、昨日のことです。まだ陽のあるうちの事だったというのですが、突然浦賀の沖に黒船四隻が現れまして、砲台をこっちに向けて、開国を迫っているのだというのです」

「アメリカか」

即座に重太郎は訊く。

「そうです。アメリカ東インド艦隊司令官でペリーという人が大将らしいんですがね、とにかく見たこともないような大きな船らしいですから。真っ黒で不気味で、浦賀はもちろん大騒ぎになっていますよ……」

重太郎は静かに頷いた。

「いつかはこんな日がやってくると恐れていたんだが……」

その呟きを、佐那も驚いて聞いている。

将軍のお膝元に外国の艦隊が現れたのだ。驚かない筈がない。もっとも、七年前の閏《うるう》五月には、通商を求めて米国から黒船二隻がやって来ている。

その時には脅しを掛けるようなことはなかったのだ。だが今度は有無を言わさずという物々しい編隊だという。

丁度一年前、オランダ商館長のクルチウスが「来年アメリカが日本に開国を求めてやって来る」そう言って老中首座の阿部《あべ》正弘《まさひろ》に警告していたらしいのだ。

その話は、重太郎も人づてに聞いている。

ところが阿部正弘は、この警告をやり過ごしていたのだ。いや、正確には、御重役たちに異国船渡来に対する意見を求めたが、責任ある答えを出す者はいなかったと聞いている。

——幕府御重役たちの失態だ。

重太郎はそう思ったが、口には出さなかった。

「皆もまもなく黒船の話を聞くだろうが、動揺しないことだ。佐那、そなたも心得ておいてくれ」

そう言って重太郎は立ち上がった。

二

黒船来航の話を聞いた翌日も、道場は盛況だった。

男たちの打ち合う声と、床を踏む音が聞こえてくる。

玄武館で立ち合った龍馬という男も、この二日の間は千葉道場にやって来ている。

兄の話では、入門は玄武館だったようだが、重太郎がここ二日こちらで指導していると知り、その間はこちらで稽古をするつもりらしい。

父の定吉に叱られてから、佐那は男たちが稽古をする時には、道場に顔を出してはいない。

ただ、道場と家族が暮らす家屋は別棟だが廊下で繋がっている。だから道場の稽古の様子は、手に取るように分かるのだ。

佐那は、竹刀の音を聞きながら、なつに手伝わせて庭に芽を出した菊を、株分けしたり水をやったりしているのだった。

菊は庭の一角に植えている。母が秋になると花を摘んで菊枕《きくまくら》をつくるためだ。

全ての作業が終わった時、佐那の首にはじっとりと汗が滲《にじ》んでいた。

佐那となつは門弟たちが稽古の後、汗を流す井戸端に向かおうとした。道場と暮らしの領域との中程に井戸端があったからだ。

だが、二人は数歩歩いて立ち止まった。道場から稽古を終えた一団が出て来たからだった。

引き返そうとした佐那に、

「やあ」

破顔して手を振った男がいた。あの坂本龍馬だった。

「！……」

佐那はくるりと背を向けた。

「お嬢様……」

なつははらはらして見ている。

龍馬は小走りして来ると、佐那の行く手に回り込んだ。

「この間はどうも……またお手合わせ願いたいところじゃけんど、明日から品川の海岸警備につかされる事になったがです。しばらく道場は休みますけに」

龍馬はそう告げると、井戸端に戻って行った。

――いちいち報告しなくても……。

佐那はそう思ったが、台所に戻って盥《たらい》に汲んだ水で手を洗っていると、なつが手ぬぐいを渡してくれながら、

「佐那様、あの龍馬って人、佐那様に気があるのではないでしょうか」

などと言う。

「まさか、玄武館で一本とられたからでしょ。ただの礼儀知らずです……」

佐那は手を拭きながら笑った。

「でも私は、いい人だなって思いました」

なつは意外な事を言った。

「どうして……お前はあの人のこと何も知らないでしょ、だいたいおまえは人を見る目がないんです」

　佐那は自分の部屋に向かいながら、なつをやりこめた。

「いいえ、坂本さんは優しい人です。昨日だったか、おしげお嬢様が子守の背中で泣いてたら、坂本さんが通りかかって、泣かしたら可哀想じゃないかって、べろべろばあ、なんてなんどもおしげお嬢様をあやして下さったんです。そしたら、おしげお嬢様は、きゃっきゃっって笑って。子供って良い人と悪い人を見分ける能力があるって聞いていますから、おしげお嬢様は坂本さんを良い人だって判断したのですね。本当に、とても坂本さんを気に入ったご様子だったんですから」

　佐那は笑ってから、

「なつは侍がいばるのは許せないっていつも言ってるからね。あの人は土佐藩の中でも下士だって聞いていますよ。あの気安さは、その身分のせいでしょう、きっと……」

「佐那お嬢様」

　なつは突然、真面目な顔で佐那の言葉を否定するように遮った。そして佐那が座った向かい側に陣取ると、

「それがですね、私、先生方が坂本さんの話をしているのを聞いてしまったんです。びっくりしています」

　ぐいと膝を寄せて来た。

「何、何を聞いたの？」

　佐那も次第に興味が湧いてきた。

「あのですね、坂本家は確かに下士なんです。それも郷士だとかいう身分で、禄は十石五斗らしいんですけど、百九十七石もの領地を持っているんですって」

「！……」

　佐那は驚いて目を丸くした。

「合わせて二百七石五斗でしょう。土佐藩では重いお役の方々に匹敵するような石高《こくだか》だと聞いています。土佐藩でなくても結構なご身分じゃないでしょうか。おまけに坂本の本家は土佐の城下では屈指の豪商で才谷屋《さいたにや》だっていうんですもの、私、本当に驚きました。そう言えば、あの方、ちょっと胸元もゆったりと着て、ぞんざいな感じがいたしますが、小袖は結構な絹じゃないですか。ふつうどのお国の人でも、下士なんて身分の人たちは、木綿を着ているでしょう。第一絹なんて買えませんもの。この江戸の多くのお侍だって古着を買うのがせいぜいですよ。いろいろ考えてみると、坂本家は、そういう下士の枠にはおさまらない暮らしぶりが可能だってこと、許されているってことじゃあないでしょうか。刀の造作だって凝っていますし、印籠《いんろう》も蒔絵《まきえ》を施《ほどこ》したものでしたし、そうそう、おしげお嬢様の鼻を拭いて下さった時に出した紙入れ、これがまた革に文様を彫り込んで彩色した特注品……」

「呆れた、なつはそんなところまで見ていたの……」

佐那はくすくす笑った。なつの観察眼には呆れるほかなかった。

「だって、変わり種ですもの、坂本さんは……あんなお侍、ちょっと見たことないでしょう。坂本さんは暮らしにも心にもゆとりがあるから、肩肘張らないで、ゆったり構えていられるのでしょうね、おまけに次男坊だというんですから」

「次男……次男だったのね」

佐那には初耳のことばかり。

「ええ、次男でも大金はたいて江戸に修行にやってくる事ができるんですもの。お武家の次男なんてものは、普通は厄介者で小さくなって生きていかなくてはならないって聞いていますけど、あの方には全くそんなところがありませんもの。このたびだって上屋敷のお長屋に逗留《とうりゅう》していて、それで玄武館に入門したということですから」

なつは、目を丸くしてひととおり告げてから、

「佐那様、坂本さんを毛嫌いしすぎじゃないでしょうか。これからは仲良くして下さいましね。そしたら」

うふふと首をすくめて、

「美味しい鰹節とか土佐紙とか、珊瑚《さんご》のかんざしとか土佐の名物をいただけるかもしれませんよ」

佐那の目を覗いて屈託のない顔で笑った。

「お目当てはそれだったのね、なつ」

佐那が、ぎゅっと睨み返して笑うと、

「ご名答……私、今日から、坂本さんを、坂本様ってお呼びします」

なつはにこりとして立ち上がり、そそくさと台所の方に引き上げて行った。

「現金な人……」

佐那は笑って呟いた。なつの話が嘘か本当かは知らないが、確かに坂本龍馬はこの江戸で暮らしている武士とはどこか違っていた。

些細《ささい》な事で面子《メンツ》や身分や肩書きを突き出してきて、相手を圧倒しようという輩《やから》が多い中で、あの坂本という人は、面子や身分など歯牙《しが》にも掛けないところがある。

そして誰にでも気楽に振る舞う、そんなところが見受けられるのだ。

――それにしても、なつこそあの男に、一目惚れしたのではないだろうか……。

佐那は思った。

龍馬は翌日から千葉道場にも玄武館にも姿を見せなかった。

幕府は江戸の沿岸に藩邸を持つ大名たちに、湾岸警備を命じていて、兄の重太郎も鳥取藩士の剣士を引き連れて、一度品川に偵察に出向いている。

黒船の情報は、毎日浦賀奉行や警備についている諸藩から早馬早船で江戸に届けられているのだった。

「黒船は艪《ろ》や櫂《かい》で漕ぐ船じゃねえんだぜ、なんと鉄瓶《てつびん》から出るあの湯気、蒸気の力で動いているというんだから、驚きだぜ」

黒船見学に行った町の者たちが口々に黒船の威力を披露するものだから、町の者たちは怯《おび》え、

「今のうちに荷物をまとめておかなくちゃ」

などと江戸から逃げ出す算段をしている、気の早い連中まで出ていると言う。

騒ぎが大きくなるのを恐れて、町奉行所は瓦版《かわらばん》が勝手なことを書くのを制限していたらしいが、そんなことで黙っている者たちではない。

瓦版は大きな黒い船を日本の小さな船が囲むようにして海に浮かんでいる挿絵を対比して描き、

『黒船は長さ三十八間《けん》、幅は十五間、帆柱は三本、石火矢六挺、大筒《おおづつ》十八挺、煙出《けむだし》長は一丈八尺、乗船している人数は三百六十人、航行する時は、まるで大海を渡る龍のごとし』

などと説明して物々しく書きたてるので、騒ぎはさらに大きくなった。

そうこうしているうちに、江戸湾に一隻の黒船が侵入し測量しているなどという報が入り、幕府は縮み上がって大統領の親書を受け取ることに同意したという。

ペリー率いるアメリカの艦隊は、親書を渡すと、来年返事を貰いに来る、そう告げて引き上げて行った。

出現してから実に十日、御府内は黒船の話題で騒然となったのだった。

ただ去ってくれたのはよいが、一年先には来航することが決まっている。幕府も気を休める暇はない。

沿岸部の警護も、ペリーが去った後も警戒は続いている。龍馬も千葉道場に姿をみせることはなかった。

不安な出来事は更に続いた。ペリーが来航してから十九日目に将軍家慶《いえよし》が逝去したのだ。

代わって家定《いえさだ》が十三代将軍となったのだが、虚弱体質で、政務も座視するばかり。国の難局を考えれば、不安は更に募るのだった。

更に追い打ちを掛けるように、七月十八日、今度はロシアの使節が黒船四隻で長崎に入港して来た。こちらも日本の開国と国境の取り決めを求めたのだった。

相次ぐ黒船来航に、幕府も民も驚愕《きょうがく》動転し、このままでは国はどうなっていくのかと怯え暮らすことになった。

龍馬が道場に姿を現したのはその年の九月、秋風が吹くようになってからだ。

龍馬の声がしているのにふと気づき、佐那が道場を覗いてみると、激しい打ち込みをする龍馬が目に入った。

何かに怒りをぶつけているような、そんな激しさがあった。

龍馬の剣は、以前に比べると格段の厳しさがあった。険しく強くなっていると佐那は感じた。

北辰一刀流に入門して日はまだ浅いが、龍馬は腕を磨いていたようだ。それに元々素地があるらしく、北辰一刀流の型も一度伝えれば砂に水がしみこむようにすっと自分のものにして力をつけていく。

佐那もそれは感じていたし、龍馬の師である兄も言っていたことだ。

佐那は龍馬の剣に目を奪われていた。

ついに相方をしていた工藤《くどう》という御家人が逃げ出した。

「まだまだ、待て！」

龍馬は追っかけて容赦なく打ち込んでいく。

「それぐらいにしてやれ！」

重太郎が止めに入った。

龍馬はあっと気づいたらしく、

「すまんすまん、工藤さん、つい力が入ってしもうた」

工藤に頭を下げて笑った。

佐那はそこまで見て庭に出た。

春から世話をしている菊が、まもなく盛りを迎えるのだ。

黄色や白や、桃色の菊が背を伸ばして花を咲かせているのだった。近寄ると、鼻孔を菊の香りが襲って来る。

佐那は竹の花入れに入れる菊の枝を探し始めた。

どれにしようかと迷いながら一本一本手に取って思案していると、井戸端に龍馬が現れた。

佐那は気づかぬふりをして菊を手折《たお》る。目の端で龍馬をとらえていたが顔は向けなかった。

汗を拭う龍馬の肩には筋肉がつき、顔は日焼けして黒く、数ヶ月の間に、随分逞《たくま》しくなったように見えた。

佐那が手折った菊を手に引き上げようとしたその時、

「久しぶり、佐那殿には何事もなく……」

龍馬はふいに近づいて来た。

「ご苦労さまでした」

佐那は言った。同時に龍馬の顔を見て、佐那はどきりとした。

引き締まった顔立ちに凛々しげな目が佐那を見ていたからだ。

「いやはや大変じゃったんよ。毎日毎日警備と土木工事にかり出されて、力仕事ばっかりやらされちょったきに」

龍馬は白い歯をみせて笑ったが、

「そやけどわしは、あの見た事もない黒船を見て決心したんじゃ。このわしでもお国のために力を尽くすことが出来るかもしれん。あんな黒船に脅されて国がいいなりになったらいかん。佐那殿、わしが土佐にいる時に聞いた話じゃけんど、清国は阿片でやられて国がめちゃめちゃになっちょるらしい。この国がそんなことになったら大変じゃろう?」

龍馬は張りのある声で言った。

相手は佐那だが、その目は佐那を飛び越えたもっと大きなものに向かっているようだった。

女中のなつの言う通り、龍馬にはどこかのんきな雰囲気があった。それが黒船が来航し、その警備に当たったことで、何か心に期するものが生まれたようだ。

「私も今度の騒ぎを見ていて、この国はどうなっていくのかと心配になりました」

佐那もつい応えた。黒船が出現した事で、右往左往するばかりの侍や町の人を見ていて、女なりに危機を感じていたのである。

「そうか、佐那殿はよう分かっちょる」

龍馬は嬉しそうだった。嬉しいついでなのか、龍馬はついと佐那が手にしている白菊の一枝をすっと抜き取った。

「あっ、それは……」

取り返そうと手を伸ばした佐那に、

「この菊は、花入れに挿《さ》すより……」

にこりと笑顔をみせてから、佐那の髷《まげ》に白菊の枝を挿した。

「よう似合《にお》うちょる。美人の佐那殿によう映える」

佐那は頬を染めて俯《うつむ》いた。男がこんなにずかずか近づいて来て、しかも事もなげに触れられたのは初めてだった。

剣術薙刀に長《た》けているとはいえ、佐那は花も恥じらう娘である。

「わしの国元の坂本家でも、庭には菊を植えちょるき。母が生きていた頃には、その菊の花で枕をつくってくれちょったがよ」

「まあ……」

佐那は驚いた。龍馬が母を亡くしていたとは意外だった。

「何時《いつ》お亡くなりになったのですか」

佐那は訊いた。

「わしが十二歳の頃じゃった。子供には母親の死は心に堪えたらしい。わしはよう泣いた、おねしょもしょっちゅうして、家族を心配させたらしい」

龍馬は恥かしそうに頭を掻《か》いて苦笑する。子供の頃に戻っているようだ。素のままをさらけ出す姿には、まるで幼なじみであるような、そんな親しさを覚えて佐那はあわてた。

相槌《あいづち》を打って微笑《ほほえ》み、佐那が髷に挿した菊を取ろうとしたその時、龍馬の手がそれを止めた。

「そのまま、そのまま。わしからの贈り物やき」

にっと笑って、

「わしは明日から木挽町《こびきちょう》の佐久間象山《さくましょうざん》先生に砲術を教わりに行く事になっちょります。ですが佐那殿にも、そのうちに薙刀を教わりたい思うちょります。その時にはよろしく」

龍馬は手を上げて帰って行った。

佐那はまるで一陣の風に出会ったように返す言葉も忘れ、龍馬の後ろ姿を見送った。

「ふう……」

大きく息をつき、引き返そうとしたそのとき、

「やっぱり、坂本様は佐那様がお好きなのですね」

なつがにこにこして近づいて来た。

「何を言うの、黒船の話をしていただけです」

「あら、お嬢様、むきになっていらっしゃいますよ」

なつは笑った。

「なつ！」

睨んだ佐那に、なつは言った。

「坂本様は最初からお嬢様に関心があったんです。私には分かっていました」

三

「佐那、頼みがある」

十一月も押し詰まった二十八日、佐那は重太郎に部屋に来るように呼ばれた。

重太郎は険しい顔をしていた。急いで重太郎の部屋に入ると、龍馬がいた。

「いや、大変なことがおこったのだ」

開口一番、重太郎はそう言った。佐那が何ごとだろうと目を向けると、

「玄武館の女中のたかが、仇討《あだう》ちをして捕まったのだ」

重太郎は思いがけない事を言った。

「たかさんが……仇討ち」

佐那は驚愕した。

たかは常陸国《ひたちのくに》からやって来た百姓の娘で天涯孤独の身の上だと聞いている。この江戸に剣術を教わりたいとやって来たらしいのだが、町人の娘を引き受ける道場はどこにもなかったらしい。

行く当てもないと泣きつかれた玄武館では、丁度一人女中が辞めたところだったので、その後釜にと雇い入れたのだった。ただし女中として、という事だった。

ところがたかは、剣術修行を諦められなかったらしく、重太郎や佐那に何度も稽古を頼み込んで来た。

そこで重太郎は、詳しい事情も質《ただ》さないまま弟子たちが誰もいない頃を見計らって、少し手ほどきしてやった事がある。

また佐那も、千葉道場にたかがおつかいにやって来た時など、裏の庭で小刀の使い方など教えてやった覚えがある。

たかは純粋に剣術が好きなんだと、重太郎も佐那も思っていたのだ。しかし、それは違ったようだ。

今日のことだ。浅草御蔵前《あさくさおくらまえ》の天王橋《てんのうばし》で、常陸から出て来た与右衛門《よえもん》という名主を待ち伏せし、かねてより購入していた匕首《あいくち》で、

「兄の敵《かたき》だ！」

そう叫んで斬りつけ、即死させたというのである。

たかは、仇討ち免状を持っている訳ではなかった。百姓の娘である。仇討ちは、侍だけに許されているものだ。

たかはすぐに役人に捕まって、近くの番屋から吾妻橋西《あづまばしにし》の材木町《ざいもくちょう》にある大番屋に連れていかれたというのであった。

「大番屋の牢《ろう》に入れられたということは、小伝馬町《こでんまちょう》の牢に送られるのは間違いない。仇討ちの事情はよく分からないのだが、たかは単なる人殺しとして刑罰を受けることになるだろう。すぐにでもわしが行ってたかに会って話を聞いてやりたいのだが、わしは鳥取藩の御用があって出向けぬ。時間がないのだ。そこで龍馬に頼んだところだ。龍馬もたかを知っているということだったからな。ただやはり、お前が一緒に行ってくれたら、女同士、たかも腹を割って話してくれるかもしれないと思ったのだ」

重太郎は困惑した顔で言った。

「分かりました、参ります」

佐那は頷いた。

「仇討ちが認められなければ、たかとは最後の別れになるかもしれぬ」

重太郎は、じっと佐那の目を見て、風呂敷に入ったものを佐那に渡した。

「差し入れの菓子と肌着と一朱金が八枚、小伝馬町の牢に入ることになったら、この一朱金が物を言う」

「分かりました、渡してきます」

佐那は神妙な顔で頷くと、すぐに龍馬と大番屋に出向いた。

「面談が許されるのは半刻ですが、よろしいですか」

大番屋にいた岡っ引きはそう言った。

たかは、格子で仕切られている奥の牢屋でうなだれて座っていた。髪は乱れて頬に落ち、顔は青白かった。

「たか……」

佐那が声を掛けると、たかははっと気づいて格子のところまでにじり寄って来た。

「驚きました、いったいどうしたというのです」

佐那は苛立《いらだ》ちを込めた声で言った。

「相談してくれればよかったのに……」

と更に言葉を添える。

「申し訳ありません。ご迷惑をおかけしてすみません」

「そんなことを言っているのではありません。どんな事情があったのか、それを訊きたいのです」

佐那はじっと見る。すると、

「すみません。本当にこれ以上迷惑をかけられませんので……」

たかは事情を話そうとはしなかった。ただ、

「私、嘘をついていました。剣術を習いたいとお願いしたのは、敵を討ちたかったからなんです。お許し下さいませ」

深く頭を下げた。

佐那は困った。話を聞いてくるように重太郎から言われているのだが、たかは千葉家に迷惑がかかってはと口を開こうとはしないのだ。

「兄上から預かってきました。たかの好きなお菓子と少しだけどお金も入っています」

佐那が格子の間から包みを押し込むと、

「私のような者に、こんなにしていただいて……」

たかは涙ぐむ。

「たかさん、武士には認められるのに、百姓町人には仇討ちは認められんちゅうのは納得いかんやろ。腹のたつことやけんど、その胸ひとつにしまっておくより、わしら

二人に話した方が、兄さんも報われるのじゃないかえ……わしも佐那殿も、たかさんの味方じゃき……安心して話したらええ」

龍馬が横から身を乗り出して言った。

「坂本さま……」

たかが見詰め返す。龍馬はしっかりと頷いて、

「たかさんの話、この耳でちゃんと聞いちょく、忘れんき、覚えちょくきに……」

するとたかが、わっと泣き出した。緊張がふっ切れたように両手で顔を覆って泣く。

「たか……」

佐那ももらい泣きする。

やがてたかは涙を拭くと、

「兄は、与右衛門に毒殺されたんです」

龍馬を、佐那の顔を見てまずそう告げた。

「毒殺を……何時のことです？」

佐那の問いに、たかは語った。

それは三年前のことだった。

常陸国のたかが住む村に代官がやって来た。その年の年貢の割合を決めるための検《け》

見《み》のお役目だった。

この検見のおりには、名主は検見役のご機嫌を取り、年貢の割合を少なくしてもらおうと馳走《ちそう》責めにし、袖の下を渡すのが慣例になっていた。

村の女房や娘も、この日は名主の家で手伝いをして、馳走を作ったり接待をしたり無償の労働を強いられていた。

たかは兄と父親との三人暮らしだった。母親を早くに亡くしていた為、たかも名主の家にかり出されていた。

ところがこの時の役人が、たかを一晩しとねによこせと名主に所望したのだ。

名主からそれを聞いたたかは、慌てて家に逃げ帰って来た。

そして兄にその事を話したのだ。兄は怒って名主の家に怒鳴り込んだのだった。

ところがその兄が名主の家に向かってから一刻後、戸板に載せられて帰って来た。

「酒を飲んでいて突然死んじまった、心の臓の発作だ」

兄を運んで来た者たちはそう告げたが、兄の体に縋《すが》って泣く父が、

「殺されたんだ、毒を盛られたんだ。この口元をみろ、泡を吹いているのが何よりの証拠だ」

たかに名主への恨みを口走った。

その父も悲しみのあまりまもなく他界、それでたかは敵を討つために、剣術を習いに江戸にやって来たのだった。

「十日ほど前に、田舎で仲良しだった友達が名主の与右衛門が江戸にむかったと知らせてくれたんです。それで私……」

たかは、きっとした目で訴えた。

佐那も龍馬も、身じろぎもせずたかの話を聞いていた。

「よく分かった。誰がなんと言おうとわしも佐那殿も信じる。なに、御奉行所だって信じてくれる筈だ」

龍馬の言葉に、たかは、

「ありがとうございます。お二人に信じていただけたら、それでもう……」

「何を言うの、大丈夫よ。それより風邪などひかぬように……」

佐那と龍馬は、そこで刻限を告げられて大番屋を後にした。

二人は黙って歩いた。駒形堂《こまがたどう》まで戻って来た時だった。

龍馬が大川の流れに向かって吠えた。

「おう〜！」

佐那はびっくりして、龍馬の横顔を見詰めた。だが次の瞬間、佐那も吠えた。

「わぁ〜！」

今度は龍馬がびっくりして佐那を見た。

二人は顔を見合わせたのち、

「おう〜」

「わぁ〜」

一緒に叫んだ。どうにもならない気持ちを声に出して飛ばしたつもりが、なぜか胸が詰まって思わず涙がこぼれそうになった。

翌年六月、龍馬は江戸を発って土佐に帰るのだと言い、定吉始め千葉家の人達に別れの挨拶にやって来た。

剣術修行の藩の許可は一年だったためだ。

仇討ちをして捕らえられた、たかを見舞ってから七ヶ月が経っている。

あれから小伝馬町に送られたたかは、師走に入ってまもなく詮議の途中で体調を崩して獄死した。

たかは回向院《えこういん》に無縁仏として葬《ほうむ》られ、重太郎と佐那と龍馬は、無縁墓の前で手を合わせてたかを弔った。

敢《あ》え無く消えた若い娘の命。たかが侍の娘で、仇討ち免状を持っていたら牢獄で命を落とすこともなかったのではないか。

武家の娘なら、女の身でよくぞ敵を討ったものよと、領主から褒美やお家再興の便宜も図ってもらえるなどの恩恵があったかもしれないのだ。

ただたかは、自分の身分を考えれば、下手人となるのは覚悟していたに違いない。兄の敵を討てたことは、たかにとっては喜ばしいことだったのだ。

そうでも思わなければ、佐那たち見送る者にしてみれば、やるせない結末であった。

また例の黒船の一件だが、年が明けたこの年一月十四日には輸送艦一隻が、そして続けて十六日までに旗艦六隻が到着、前回を上回る七隻でペリーは再び来航したのだった。

ペリーたちに少し遅れてやってきた帆船二隻も加えると、合計九隻が幕府を威圧、日米和親条約締結となった。

これが突破口になって、幕府はイギリス、ロシアとも条約を締結する事になる。

じわりじわりと日本の海はこじ開けられていくことになったのだ。

龍馬はこの間、熱心に中伝の全ての技を習得し『北辰一刀流兵法箇条目録』を受け、門弟の指導が出来るまでになっていた。

佐那は、龍馬が暇乞《いとまご》いをして千葉家から去って行くと、家の者に見つからぬように龍馬を追いかけた。

「龍馬さま！」

佐那は数間先に黒紋付きに袴姿の背中を見つけた。

桔梗紋の背中がはたと止まり、くるりとこちらを向いた。

佐那は駆け寄ると、

「発つのは何時……」

見詰めて訊く。

「明日の六つ頃」

龍馬の目も切ない色を宿している。

「お見送りします」

佐那は、思い切って言った。

「佐那殿……」

ちょっと困った顔で、

「ありがたいけんど、先生に叱られるんじゃないかよ」

龍馬は言う。

「京橋ならいいでしょ。一人で発つのは寂しいんじゃないかと思って……道中で食べるおにぎり、作っていきます」

佐那は笑顔で言った。

「佐那殿のおにぎりか……まあ、あんまり期待せんと待っちょるわ」

龍馬は嬉しそうだった。

佐那はほっとして家に引き返すと、なつを呼び、

「いい、明日のご飯は少し多めに炊いて下さいね。炊きあがりは七つ半、炊けたら私に知らせて頂戴。ああ、それから、海苔と梅干しも用意しておいて下さいね」

「はいはい、わかりました」

なつは、くすくす笑って、

「誰にも内緒に致しますから、ご安心下さいませ」

そう言って頷いた。

翌朝佐那は、なつの手ほどきを受け、自分の手でおにぎりを握った。手一杯にご飯をのせて、ぎゅっぎゅっと力を込めて作ったおにぎり五個を竹皮に包むと、明《あ》け初《そ》めた街路にそっと出た。

急いで京橋に向かった。まだ人通りは少ない。気がせいて足を速めているうちに、

襟首が汗で濡《ぬ》れているのが分かった。

「！……」

佐那が京橋の袂《たもと》に到着した時、龍馬の姿は橋の上にあった。

単衣《ひとえ》の白地の小紋に焦茶のたっつけ袴、菅笠を片手にして欄干にもう一方の手を置いて佐那を待っていた。

いつもの姿と違っているからか、清々《すがすが》しく見えた。

「龍馬さま！」

佐那は一気に橋の上に走った。

――よう……。

というように、龍馬は照れくさそうに手を上げて迎えた。

「どうぞ、私が握ったおにぎりです」

佐那は龍馬に歩み寄ると包みを両手で差し出した。

「ほう……」

龍馬は包みを取って自分の掌に載せ、二度三度と重さを量るように上下に揺らして、

「これ食べたら腹を下したりせんろうか……」

にやっと笑った。

「酷《ひど》い、一生懸命早起きして作ったのに」

佐那は泣きそうになった。

「すまんすまん、冗談じゃ。よう味わって食べるきに、ありがとう。これで道中追いはぎ山賊に襲われても百人力じゃ」

龍馬は笑って詫《わ》びると、今度は真面目な顔をして佐那に言った。

「佐那殿、北辰一刀流もわしは奥伝習得免許皆伝まであと一息、そやからもう一度この江戸にやって来るき。その時には佐那殿には、薙刀を伝授していただきたい」

佐那は頷いた。そして言った。

「待っています。約束ですよ、きっと……」

佐那の言葉に、龍馬は大きく頷くと、振っきるように歩を早めて大股に橋を渡って帰って行った。

だが龍馬は、それから一年経ってもやってこなかった。

佐那は十八歳になっていた。

十月には江戸は大地震に見舞われて、御府内全域が倒壊や火事に見舞われて、千葉道場も大火にあって皆焼け出された。

まもなく桶町《おけまち》に新しい道場と居宅が建てられた。道場は堀端に面した百四十坪が当てられ、その奥の百十七坪に居宅が建てられた。

桶町も鍛冶橋から近く、土佐藩上屋敷からも近い。

ただ師走に入るとまもなく、玄武館の主である千葉周作が六十二歳の生涯を終え、千葉家は悲しみに暮れた。

一方で千葉道場の評判は上がるばかり。黒船騒ぎも一因かと思われるが、門弟は増え続け、玄武館を凌《しの》ぐようになっている。

剣術の奨励は広まり、あまたの大名屋敷や旗本屋敷などからも出稽古を望む声があり、重太郎は忙しくなっている。

佐那もまた、あちらこちらの藩邸から女たちに薙刀を教えてほしいという要請があり、忙しい毎日を送るようになっていた。

たびたび思い出したように夢の中に出て来る、宇和島藩の伊達家姫君への薙刀指南の様子は、この頃の話である。

佐那が龍馬に最初に会ったのは十六歳だった。だが薙刀指南をしていたこの頃の佐那は、十九歳になっていた。

品川の海

一

龍馬が二年二ヶ月ぶりに江戸に再び修行でやってくることになった秋も間近なこの日、佐那は宇和島藩伊達家に指南に出向いていていた。

この日は世子宗徳も加わって、広尾の原を馬に乗って駆けていた。

正姫の妹の節姫は、武術も馬術も積極的にやりたいという人ではない。父親の宗紀が勧めるから参加しているといった風だから、馬術は遠慮して早々に稽古を打ち上げたのだ。

「於正《おまさ》、佐那、ついて来い！」

宗徳は、ぴしりと馬に鞭《むち》を打つと、屋敷の庭を飛び出した。

「佐那、参るぞ！」

正姫が続く。

「はい！」

佐那も二人のあとを追う。

正姫と佐那は同年齢で、今や姉妹のように心が通じ合っている。気性も二人はとても良く似ていた。ものおじしない積極的な姿勢、正義感に満ちた考え方、決して諦めない粘り強さ。

深窓の姫君と剣術家の娘では境遇に雲泥の差があるのだが、二人はそれを乗り越えて、何でも語り合える仲になっている。

夏草の茂る草原を、三人の馬が駆けていく。

ここ広尾にあるお屋敷の周辺は畑や野が広がっていて、馬で存分に駆けることが出来るのだ。

「兄上、待って！」

正姫が夢中で鞭を打つ。

やがて三人は、大きな欅《けやき》が枝を広げている場所に到着した。

宗徳が、ひらりと下馬して馬を近くにある低木の枝に繋いだ。

続けて正姫も佐那も下馬した。

首に噴き出した汗を拭き、竹筒の水を補給すると、宗徳は欅の張り出した根っこに腰を据えた。正姫も別の根っこに腰を据えるが、佐那は数歩離れた所に控えた。

「いい気持ちだ。屋敷に籠《こ》もっていては気が滅入るからな」

宗徳は笑ってから、

「佐那、そなた、そろそろ縁談があるのではないのか……それとも決めた人でもいるのか？」

突然佐那に訊いて来た。

「いえ、そのようなことは……」

佐那は、慌てて言った。

「そうかな、そなたなら引く手あまたであろう。わしが世子などでなかったら、いの一番に申し込むぞ」

「とんでもないことでございます、本当に何もございません」

「まさか自分より剣術に秀でた男でなければ嫌だとか、そういう事か?」

宗徳は、佐那の顔を覗く。にこにこしているが、試しているようにも見えた。

「私はどこにも嫁には参りません」

佐那は困って即座に答えた。するとすかさず正姫が助け船を出した。

「兄上様、佐那には密かに想う人がいるようです。もっとも私の想像ですが……」

正姫は、にこりと佐那を見ながら告げた。

「そうか、いるのか……」

宗徳は、うんうんと頷いた後、ちらりと寂しげな表情をしてみせたが、

「それならば良いのだ」

すっくと立ち上がると、ひらりと馬に跨《また》がった。

「先に帰る。二人ともゆっくり帰ってくればいい」

宗徳は、あっという間に木立の中に消えていった。

「ふふ、佐那に想う人がいるなんて言ったものだから……ごめんなさい佐那」

正姫は自分の横に腰掛けるよう、佐那を促した。

「いえ、お心遣いありがとうございます」

佐那は少し遠慮して腰を掛けた。

「私ね、佐那から一度話を聞いたでしょう……坂本龍馬という人の話……その時佐那の目はきらきらしていましたから、あれっと思ったんです。佐那は気づいてなかったかもしれませんが、私は佐那がその人を慕っているのだなと思いました」

正姫は佐那を見た。佐那は咄嗟《とっさ》に目を伏せた。

「土佐の人でしょう……宇和島藩も四国の内、私も生まれたのは宇和島ですから、妙に坂本という人に興味が湧きました。面白そうな人だなって、一度会えたら会ってみたいものだと……」

佐那は苦笑して言った。

「もう江戸には来ないのかもしれません」

「そうかしら、私はまたきっとやって来ると思います」

正姫の言葉は、佐那に微《かす》かな希望を呼び起こした。

だが実際龍馬は、もう自分の存在など忘れているのだろうと佐那は思っている。

「でもね佐那、私のように縁談にしろ何にしろ自分の意志ではどうにもならない立場から佐那を見ていると、本当にうらやましいと思います」

正姫は言った。佐那は返す言葉がなかった。正姫の背負う荷は、佐那などには想像もつかないほどの物だろう。

「でも」

正姫は立ち上がると、

「心から慕い合うお相手がもし現れたら、どんなに幸せでしょうね。佐那、その時には隠さず話すこと、約束ですよ」

正姫は笑顔で小指を出した。

「はい、きっと」

佐那も頷いて小指を出した。二人はしっかりと小指を絡ませると微笑んで見合った。

「佐那様、大変」

佐那が桶町の道場に戻るや、なつが走って来て出迎えた。

「なつ、何が大変なの？」

佐那は尋ねながら、母屋の居間から賑《にぎ》やかな笑い声が聞こえているのをとらえていた。

「坂本様がいらしたんです」

なつは拳を握って嬉しそうに振った。

佐那は抱えていた包みをなつの胸に押しつけると、すぐさま母屋の居間に走った。

「龍馬様……」

部屋に飛び込むと、日焼けした龍馬の顔が佐那の目に入った。

龍馬の側には、見知らぬ町人が、にこにこして座っていた。

「よう！」

龍馬は佐那に気づくと笑顔で手を上げた。

「！……」

佐那は驚いた。会わなかった二年余の間に、龍馬は顔つきも体つきも、一段と大人の男になっていた。

髷も変えていた。以前は武家髷だったのに、月代《さかやき》を伸ばして総髪にし、頭頂部で無造作に結っていた。ただ着ているものは上物で、濃紺の小袖に仙台平の袴を着けている。

「もっと早くに来たかったけんど、親父殿が亡くなってしもうて」

龍馬は言った。するとすぐに重太郎が言葉を添える。

「玄武館の兄上と同じ頃に身罷《みまか》られたようじゃ」

玄武館の兄上とは、もちろん千葉周作のことである。

「まあ、それじゃあ昨年の十二月に？」

佐那は、ふっと寂しげな笑みをみせた龍馬を見ながら、重太郎の横手に座った。

すると、先ほどから気になっていたあの町人と目が合った。

町人は、にこにこして頭を下げた。あばた面《づら》の男で、目端の利きそうな三十前後の男だった。

「これは佐那様でございますか。私はしがない商人で、弥治郎《やじろう》と申します。いやいや、坂本様から佐那様の話は聞いておりましたが、お目にかかれまして光栄です」

弥治郎という男は、佐那に愛想を言ってから、

「私はですね、坂本様とは以前からの知り合いでございまして、へえ……一番最初は、大坂の米問屋の丁稚《でっち》でございまして、手代になってから米問屋を辞めまして今は別の商いを、へい……ですから土佐にも参りますし、大坂にも京にも立ち寄りまして、むろんこの江戸にもしょっちゅう参っております。このたびはたまたま土佐藩邸の前でばったり坂本様に会ったもんですから、そしたらこちらにご挨拶に参る、そうおっしゃるじゃありませんか。それなら私も連れて行って下さいましとお願いしたんでございますよ。なんといってもこのお江戸で一番の、千葉道場ってところを拝見したいじゃありませんか」

弥治郎はべらべらとしゃべったが、しゃべりすぎたと思ったか、あっと口を押さえ

て話を譲った。

するとすると重太郎が佐那に嬉しそうに言った。

「よい時に龍馬は戻ってくれたものよ。またここに通って来ると言ってくれている。わしは大助かりだ」

その重太郎の右の目は光を失って不自由になっていた。

この桶町の道場で鳥取藩士に稽古をつけていた時に、藩士の奥村力之助《おくむらりきのすけ》という者の竹刀が重太郎の面の蛇腹を通し、剣先が右目を損じてしまったのだ。

以後重太郎は、増えるばかりの門弟の稽古をどうつけるか悩んでいたところであった。

「佐那、龍馬は土佐にいた二年の間に、小栗流和兵法十二箇条、二十五箇条の目録も受けておる。免許皆伝というところじゃ。心強いことじゃ」

重太郎にとっては、龍馬の出現はこの上ない朗報だったのだ。

翌日龍馬は、佐那の父定吉と兄の重太郎の前で、門弟の指導に当たっている久米作《くめさく》太郎《たろう》と対戦した。

「はじめ！」

重太郎の合図で、二人はすっと立ち上がった。

互いに正眼の構えで息を整える。ひとつ、ふたつ、静かに息をついた次の瞬間、龍馬は久米が呼吸を整えるまもなく打ち込んで行った。

一打、二打、激しい打ち合いが始まった。互いに後ろに飛んで体勢を整えたその時、今度は久米が打ち込んで来た。

だが龍馬は、久米の僅《わず》かな揺らぎを見逃しはしなかった。

上段から落ちて来た久米の竹刀を龍馬は強い力で打ち払い、その流れのまま切っ先を久米の喉元にぴたりと当てていた。

久米は「うっ」とうなって仰《の》け反《ぞ》った。

「勝負あった！」

あっという間に決着したのだった。

道場の片隅で息を殺して見学していた佐那は、ほっと胸をなで下ろした。

そして、この二年の間に、いかに龍馬が腕を磨いていたのかを知った。

定吉が立ち上がると告げた。

「坂本龍馬に千葉道場の塾頭を命じる」

塾頭とは師範代と同等の格と考えてよい。

佐那は密かに喜びを噛《か》みしめていた。

二

定吉に塾頭を命じられたその日より、龍馬は熱心に後輩の指導に当たった。

今回は築地の中屋敷に滞在しているということだったが、日によっては道場脇にしつらえてある宿泊用の部屋に泊まることがあった。

兄弟子として指導に当たると同時に、重太郎に奥伝の技を教わり、門弟たちが帰って行くと、今度は佐那に薙刀を教わった。

北辰一刀流の奥伝も薙刀も、龍馬は事も無く習得していった。

佐那はこの頃より、龍馬と二人きりになるのを心待ちにするようになっていた。

薙刀を合わせた時の、一瞬にして胸を締め付けられるような切ない面持《おもも》ち。身体を近づけた時の龍馬の息づかいの生々しさ。

剣士として気迫をもって見合っている筈のその瞬間も、それとは別の恍惚としたものが沈潜している。

佐那は龍馬に恋い焦がれている自分に気づいていた。

龍馬もまた、佐那を見る目が違ってきている。ただ熱かった。佐那の顔を穴の空くほど見詰めているのに気づくことがあった。

正姫が言っていた男の人と慕い合うということは、ひょっとしてこういう事かもしれないと佐那は思うようになっていた。

「坂本様は佐那様にぞっこん、でもあの奔放そうな坂本様も、なかなか口には出せないようですね」

なつがそんな事を言うものだから、佐那も意識せざるを得ない。

「いやあ、この桜餅はうまい。土佐にもうまい菓子はあるけんど、これは格別じゃ」

などと言い、わっはっはと笑ってみせるが、どこかぎこちないのだ。

しかしこの日は稽古が終わった後で、なつが運んで来たお茶を飲みながら、龍馬は真面目な顔で佐那に言った。

「佐那殿、わしは黒船が浦賀にやって来た時から、いろいろ考えることがあってのう、土佐に帰っちょった時に、河田小《かわだしょうりょう》 龍先生の話を聞きに行ったがです」

「河田小龍……」

佐那は初めて聞く名前だった。

「土佐の絵師です。狩野《かのう》派の絵師ですが墨雲洞《ぼくうんどう》という塾をやっちょります。わしより十歳ほど歳が上ですが、ジョン万次郎《まんじろう》という人から聞き書きをして『漂巽紀畧《ひょうそんきりゃく》』ちゅう本を著した人じゃきに」

「ちょっと待って下さい、ジョン万次郎って聞いたことがあります。漁師で漂流してアメリカに渡り、日本に帰って来た人で、先だっての黒船の騒ぎの時にも幕府に呼ばれて、何かお役を受け持っていたんでしょ？」

佐那は思い出して言った。

「さすが佐那殿じゃ。そうじゃ、その人じゃ。ジョン万次郎が日本に帰って来た時に取り調べを行ったのは薩摩《さつま》藩じゃった。けんど土佐に帰って来た時には小龍先生が聞き書きをしたがです。誰も行ったことのないアメリカの話じゃから、ジョン万次郎の話をまとめて書き残しておきたい。土佐の殿様からも要請があったと聞いちょります。小龍先生は絵師やから『漂巽紀畧』には挿絵もいっぱいあって、アメリカの人たちがどんな暮らしをしているか、どんな服を着ちょるのか、乗り物はどんな物があってなどと、とても面白い本じゃと評判じゃ。むろん殿様にも献上したいうことじゃった。わしもその話が、どうしても知りたかったがよ。あの大きな、とてつもない黒船を作ったアメリカという国は、どんな国なんじゃろうと思うて……」

龍馬の目は、これまで見たこともないような光を放っている。

佐那は黙って聞いている。女の佐那にも興味のある話だった。

「土佐の国は海の際じゃ。わしはいつも海を見て思うちょった。あの海の、地平線のむこうは、どうなっちょるんじゃろうて……」

龍馬は、まるで目の前に海を見ているような顔をしている。

――この人は、普通の男ではない。誰も想像も出来ないような未来を見ている。

佐那は次第に龍馬の話に引き込まれていった。

「佐那殿、わしが一番驚いたのは、アメリカでは国の一番偉い人を決めるのに、国民の投票で決めるがよ」

龍馬は佐那の顔を見た。

「えっ、投票って……」

「まあ入れ札のことだと思えばいい。この国でいうなら、将軍を決めるのに、武士だ百姓だ町人だなどという身分に関係なく、一人一人が入れた札の数で決定する、そういう事じゃ」

「まあ……」

佐那は驚いた。

「この日本では、武士じゃ、百姓じゃ、町人じゃと身分が物を言う世界じゃけんどアメリカは違うらしい。才覚《さいかく》があれば誰でもどこまでも出世出来る。そんな国と、どうして今の日本が戦えるろうか……考え方を変えにゃあ日本は外国に乗っ取られるき」

佐那は、龍馬の顔が眩しかった。

「小龍先生はこうわしに言うたがよ。おまんは、船で海に出て世界を見よと……」

佐那は自分の頬もおのずと火照《ほて》ってくるのが分かった。

「で、わしはこう言うた。先生、先生は人を作って下さいと……」

「では龍馬さまは、船で海に出るんですね、世界を見るために」

「海は広いぜよ。才谷屋には地球儀も世界の地図もあるけんど、世界から見た日本は、ほんまにちっちゃいもんじゃ。海から見れば島のひとつじゃきに……」

「龍馬さま……」

佐那は龍馬の顔を見た。

「土佐には有名な桂浜があるのですね」

「ある。そこから眺める海は格別じゃ。また浦戸湾には商船がぎょうさん出入りしちょるがよ。坂本家の本家の才谷屋も、義母の実家の廻船問屋も浦戸湾には蔵を建てちょる。船から品物を下ろして蔵に入れたり、また蔵から出して船に積んだりと、見ていると楽しかった。あの船はどこに行くんじゃろうかと、一度こっそり船に乗り込んだことがあったんよ、樽《たる》に入って……そしたら見つかって、えろう叔父に叱られたきに」

「まあ」

佐那はころころと笑った。

ちょこまかちょこまかと人の目を盗んで、船に乗り込む少年の龍馬が目に浮かんで来たのだった。

「龍馬さま、私も龍馬さまと同じ夢が見とうございます」

佐那はまっすぐ龍馬を見て言った。

龍馬がどんな返事をしてくれるか自信がなかったが、

「わしもじゃ。佐那殿と一緒に夢が見られたら嬉しい」

龍馬は言い、膝の上にのせていた佐那の手に、そっと自分の手を添えた。

全身を何かが走り抜けるのを佐那は感じていた。

年が明けて三月一日、鍛冶橋内土佐藩上屋敷で藩主山内豊信《やまのうちとよしげ》（後の容堂《ようどう》）は、お屋敷内中庭に幔幕《まんまく》を張り『上覧試合』を行った。

藩内だけの猛者《もさ》に限らず、他藩、流派、所属に拘《かかわ》らず腕に覚えのあるものは挑戦できた。

この日は総勢四十三名、一対一の対戦で二十二組の試合があり、勝った者には豊信から盃《さかずき》を受け、賞金も賜るという話だった。

賞金の額は、小判が五枚とか十枚とかいう噂があって、それを手に入れたくて出場する輩もいた。

一方で負けた武者は、罰として一抱えもあるような盃で並々と注がれた酒を飲み干さなければならないという。

過去には酔っ払って死にそうになった者もいたらしく、酒に弱い者は是が非でも勝たなければならない試合だった。

龍馬も藩邸からの命令で出場することになった。

また見学は出入りの商人、近隣の町人やその家族も許されていた。

観客が多いということは、負ければ町人女子供にまで失笑されるというものだった。

佐那もなつと剣術試合の見学に行った。

「まあ、こちらの殿様ったら……」

なつが呆れた声を上げるのも当然、中央でゆったりと坐す藩主の豊信は、朱の盃を手にし、小姓《こしょう》が注ぐ酒を休む間も無く飲み続けている。まるで水でも流すように飲んでいるのだが、豊信の顔色は赤くも青くもなっていない。

呼び出し役の侍が、大声を上げて呼んだ。

「白組、坂本龍馬。紅組、桂《かつら》小五郎《こごろう》！」

「佐那様、龍馬さまはいよいよですよ」

なつは佐那の腕を小突くが、佐那は気が気ではない。

呼び出し役は、龍馬と小五郎が出て来て対峙して立つと、

「坂本龍馬は北辰一刀流千葉道場塾頭、対する桂小五郎は神道無念流練兵館《れんぺいかん》塾頭、はじめ！」

その声で龍馬は正眼に構え、小五郎は上段に構えた。今日ばかりは手にしているのは木刀だ。しかも面具も小手具もつけていない。

「ああ、見ていられない。佐那様……」

なつは耳を塞《ふさ》いで目をつぶる。

これまで冷静だった佐那も、いたたまれなくなって人垣の外に出た。

「待って、私も……」

なつも人垣の外に出て来た。

男二人が木剣で打ち合う音が聞こえ、

「勝負あった、坂本の勝ち！」

人垣の外まで聞こえて来た。

佐那となつは喜んで手を握り合うが、まもなく、

「桂小五郎！」

呼び上げた声は今度は桂小五郎の勝ちを伝えていた。

佐那となつは、人の肩越しに覗いたり顔を伏せたり、そうしているうちに、

「桂小五郎三本、坂本龍馬二本、よって桂小五郎の勝ち！」

——ああ、負けてしまったのか……

がっかりした二人が、人垣から覗くと、

「坂本か、いっそうしっかり励むのじゃ」

藩主豊信に叱咤《しった》激励され、

「おい！」

豊信が顎をしゃくると、家来の一人が角樽《つのだる》を、もう一人が大杯を持って現れた。

龍馬はその大杯を持たされると、角樽を持った男が、その大杯に並々と酒を注ぐ。

龍馬は酒が好きだ。だが流石の龍馬も躊躇《ちゅうちょ》している。すると、

「飲め……それごときが飲めずに土佐の者といえるのか。わしの命令じゃ」

豊信に叱咤されて、龍馬は大杯の酒をやけくそで一気飲みしていく。

——どうなることやら……。

佐那となつがはらはらして見ていると、案の定龍馬が二人の前にやって来た時には、

「ひいっく」

負け酒に酔っ払って目がすわっていた。

「龍馬様……」

駆け寄る佐那となつに、

「何、案ずることはない。これぐらいの酒で酔うわしではないわ。それより佐那殿、この通りじゃ」

龍馬は頭を下げて、

「勝ちを逃がしてしもうた。石ころに足を取られてしもうたのじゃ、すまん、先生方には内緒だ」

足下を揺らしながら、龍馬は佐那を拝み倒す。面子もなにも、あっけらかんと忘れ去る龍馬を佐那は愛おしく思って、

「分かりました、勝負はつかなかった、引き分けたことに致します。北辰一刀流は天下一ですもの、負ける筈がありません」

佐那は、きっぱりと言う。

「その通り！」

龍馬は大声を上げるや、そこにへなへなと座り込んだ。

「龍馬さま……」

佐那は困った。どうしたものかと思った時、あの弥治郎とかいう小商人が月代《さかやき》も鮮やかに剃《そ》り上げている体格の良い武士と走って来た。

「坂本、大丈夫か……」

武士は坂本に声を掛けたのち、佐那を見て、

「千葉道場の佐那殿でございますな。私は土佐藩の武市半平太《たけちはんぺいた》と申すもの、お見知りおきを」

自己を紹介した武士は、どうみても龍馬とは性格が正反対、折目正しいというか厳《おごそ》かな物腰だった。

「私は今こちらの藩邸の長屋にいます。龍馬はこのたびは中屋敷ですが、今日は私の長屋で休ませます」

佐那に言った。

「佐那様、この方も剣術の出来るお方なんです。土佐の藩士の人たちの人望も厚く、坂本様とは親戚のような間柄で、そうでございますね、武市さま……」

弥治郎が武市に同意を求める。武市は笑って、

「私は鏡新明智流の桃井春蔵先生の道場に入門しております」

と言う。

「まあ……」

佐那は笑みを見せた。

「わたくしが薙刀指南で通っております、さる藩の世子様も桃井春蔵先生に指南していただいていると聞いております」

佐那は宇和島藩伊達家の世子のことを言った。

「それはそれは……私も千葉先生の道場には是非、一度はお伺いしたいと思っております」

武市半平太はそう言うと、龍馬を脇に抱えるようにして、上屋敷の御長屋の方に向かって去って行った。

「佐那様、私はしばらく江戸を離れます。坂本様のこと、よろしくお願い致します」

弥治郎がぺこりと頭を下げて去ろうとしたのに、

「弥治郎さん」

佐那は声を掛けた。

「へい？」

見返した弥治郎に、

「いえ、なんでもありません。ごめんなさい」

佐那は自分の知らない龍馬のことを訊《き》きたいと思ったのだ。だが、やはり訊き出す勇気がなかった。

するとなつが言った。

「土佐の坂本様のお屋敷をご存じですか」

「へえ、一度お訪ねした事がございます。大きなお屋敷に、ゆったりとお暮らしです。ただ一人、怖いお人がおりまして」

「だあれ？」

なつは訊く。

佐那は、なつと弥治郎の話をじっと聞いている。

「姉上様でございますよ。坂本様は六尺もあるお方、背が高いのはご存じでしょうが、姉上様も同じぐらい背が高く、おまけに太っていて剣に強い」

「ほんとですか……」

なつは、くすくす笑う。

「本当です。土佐の城下じゃあ、お仁王さまって呼ばれているんですから。きっと土佐沖でとれるくじらを食して大きくなったんでございましょうかね」

弥治郎も笑った。なつはうんうんと頷いてから、

「そういう事でしたら、坂本様には良い方がいらっしゃるんでしょうね。もう決まっている方が……」

尋ねたなつより、佐那の方がどきどきしている。

「いえ、そんな話は聞いておりません。坂本様の兄上には男子のお子がおりません。このままですと、いずれ龍馬様は坂本家をお継ぎになられると信じます。ああいう人ですから、行くところ行くところでどなたにも気安く話しかけるものですから、勘違いして懸想《けそう》してくる女の人もおりますが、あれで無責任な約束などはなさらないお人でございますからね」

弥治郎はそこでいったん言葉を切り、にこりと笑って耳打ちするように言った。

「坂本様の心にあるのは、ただ一人、佐那様じゃないかと、私は思いますがね」

三

「大事な話があります」

秋も深まったこの日、薙刀の稽古が終わると正姫は佐那を茶室に誘った。

伊達家広尾の茶室は、長い廊下を渡った苔《こけ》の庭にあった。

苔は青々としていて、たっぷりと水分を含んでいる。その苔の上には松葉が落ち、色づいた紅葉があちらこちらに落ち、木々の間から差し込む陽の光が幽玄さを醸し出していた。

正姫は静かに茶を練ると、畏《かしこ》まって座っている佐那の膝の前に置いた。

「宇治の上林《かんばやし》家のお茶です」

正姫は言った。

佐那は、琴も生け花も習得済みだが、お茶はまだ初心者、身を硬くして頂くと、

「お加減はいかがですか」

正姫が訊いた。

「はい、結構でございます。たいへんおいしゅうございます」

佐那は言った。世辞ではなかった。お抹茶はこれほど美味しいものかと改めて思った。

正姫の練りもよかったのだろうが、点《た》てたお茶には照りがあり、口に含むととろりとした苦みのあとに甘さが舌に残る。

茶碗は赤楽《あからく》、茶杓《ちゃしゃく》は裏千家家元の作、茶入れは膳所《ぜぜ》焼き、お茶に使った水は、近頃林の中で見つけたわき水だと正姫は説明してくれた。

正姫自身もご自服でお茶を頂いたのち、

「そなたにだけには話しておかなくてはと思ったのですが、私、来年の一月に肥前島《ひぜんしま》原藩松平忠精《ばらはんまつだいらただきよ》様に嫁ぐことになりました」

正姫は言った。穏やかな、どこか覚悟をしたような表情である。

佐那は驚いた。正姫は佐那と同い年である。

「お屋敷は数寄屋橋にあります。そちらで薙刀のお稽古という訳には参りませんが、時には顔をみせてくれますか」

正姫は落ち着いた口調で言った。

「ではお稽古は本日が最後だと……」

佐那は問う。

「はい、残念ですが、輿入《こしい》れまで一月《ひとつき》と少し、何かと支度やらお勉強やらあるそうなのです」

「おめでとうございます」

佐那は両手をついて祝った。

その刹那、一抹の寂しさが胸の中を通り過ぎた。

「いつだったか二人で話したわね、心から慕い合う人が現れたら隠さず話しましょうねって。でも私の場合は、一度もお会いしたこともないお方ですから伝えようもないのですが、噂では思いやりのあるお方だと聞いています」

「きっと、素晴らしいお方だと思います。お幸せを祈っております」

「ありがとう」

正姫は、ほっとした顔をしてみせると、

「世の中には、お互い慕いあって一緒になる男女もいるのでしょうが、私たちにはそれは許されません。結婚は全て家のため、家のためとは領地の百姓町人みんなのためです。私一人の我《わ》が儘《まま》で、どうこうできる筈もありません。私の縁組みで国が栄える、民百姓に安堵《あんど》を与える。そう思っていますから、大名家に生まれた女は、縁組みに我が儘であってはいけないと思っています」

既に固めた心の内を告白した。

「正姫様……」

いつもとは違う自分の生き方を真剣に吐露する正姫に、佐那は驚いていた。

「父上や兄上には、国を治める責務がございます。私にはそれを補佐する責務がございます。だから佐那、私は喜んで輿入れするつもりです」

正姫は、落ち着いた声で言った。大名家の娘であるという誇りと覚悟があった。

佐那は感心して聞いていた。

——自分にどれほど、千葉道場の娘としての覚悟があるのだろうかと思ったのだ。

「それで、そちらの方はどうなりましたか？」

正姫はいきなり、佐那に話を振ってきた。

「えっ」

驚いて見返すと、

「とぼけないで、坂本龍馬という人と、その後どうなりましたかと訊いているのです」

正姫は笑った。

「あっ、いえまだ」

口ごもっている佐那に、

「何も進展がないというのかしら?」

佐那の顔を覗く。

「ええまだ、これといったはっきりしたものでは……」

「でも、お慕いしているのでしょ」

佐那は一瞬困ったが、小さく頷いた。

「だったら、どこまでも、信じて……」

正姫は拳をつくって、二度、三度と小さく振った。

佐那は曖昧に笑った。正直どうしていいのか分からないでいる。ただ、龍馬を慕う気持ちは、日に日に強くなっている。

「佐那が言えないのなら、こちらに連れていらっしゃい。私がそなたの気持ちを伝えてあげます」

「いえ、とんでもないことです」

「佐那、いいですか。先ほど私は、私の輿入れは私だけのことではないと申しました。でもそなたは私とは違います。もっと自由に結婚を選べる筈です。いいえ、選んでほしいのです」

「正姫様……」

佐那は嬉しかった。有り難くて胸が熱くなるのを覚えた。

二人は茶室で、日の陰りが庭に落ちるまで話をした。

側の者が正姫を案じて声を掛けてくると、正姫は自分の髷に挿してある櫛《くし》を側の者に取らせて、それを懐紙に包むと、

「佐那、いろいろとありがとう。この櫛は亡き母上が私に下さった品の一つです。難を転じて福となす。娘の幸せを願っての物です。同じ蒔絵の手鏡やお化粧道具などもあるのですが、こちらをそなたに差し上げます。私は忠精さまときっと幸せになります。ですから今度はそなたの番です。そなたにも幸せになってほしいから……」

佐那の手にそれを手渡した。

二人は互いの手を取り合って見つめ合った。

「大切にいたします」

佐那は礼を述べて、掌に置いた櫛を改めて見た。

七色の虹に南天が実る蒔絵の櫛だった。

「そなたは私の薙刀の先生でした。でも私には姉妹のような気がして……」

「姫様……そのお言葉、佐那は一生忘れません」

佐那は畏《かしこ》まってもう一度礼を述べ、蒔絵の櫛を胸に抱くようにして下がった。

この日千葉道場の座敷は、ひときわ晴れやかで賑やかだった。

まず床の間に定吉が坐し、横手に重太郎、そして二人の両脇に美しい着物を着た美人姉妹、佐那、里幾、幾久が座り、龍馬も黒の紋付きに仙台平の袴を着けて定吉の前に正座した。

龍馬の緊張の様子は尋常ではない。

それを見て、佐那ははらはらしているし、妹の里幾や幾久は顔を見合わせてくすくす笑っている。

「こほん」

定吉は、ひとつ咳をすると、右脇においてある塗り箱から巻物を取り出して、するすると大きく広げた。

立派な巻物だった。

軸頭は六角形の水晶製。軸元は金箔貼。紙の縁も金地。外装は白地に紺色で二重蔓の牡丹《ぼたん》唐草文が表された金襴《きんらん》の布が用いられている。

そして巻物の背面も金箔散らし、紙も厚手の特上の物。更に見返しには、北辰一刀流の開祖である印の北斗七星が描かれ、その先端には『破軍星《はぐんしょう》』がついている。

破軍星の意味は、古代中国では、

『その星に向かって戦えば必ず敗れ、その星を背に戦えば必ず勝つ』

という意味があるという。

まさに北辰一刀流にふさわしい七曜紋だった。

一見しただけでも格別の値打ちある目録だと、誰でもひれ伏したくなるような巻物だった。

「坂本龍馬、本日をもって北辰一刀流薙刀兵法皆伝をつかわす」

定吉が、野太い声で言った。

「はっ、ありがたき幸せ」

龍馬は手をついた。

その龍馬の頭上に、定吉から書状を受け取った重太郎が父親に代わって読む。

「北辰一刀流薙刀兵法の稽古に執心浅からず、組数相済み、その上勝利の働きこれあるによりて、家流始めの書であるこの一巻を差進め候。なお師伝を疑わず、切磋琢磨《せっさたくま》を以《もっ》て必勝の実相叶うこと有るべく候。よって件《くだん》の如《ごと》し」

朗々とした声だった。更に重太郎は、

「水玉、黒龍、駒返、右柴折、左柴折……」

実に十九もの形と更に口伝物二つの目録を読み上げた。

また目録を授ける流派の祖、千葉平左衛門道胤《ちばへいざえもんみちたね》を始めとして、北辰一刀流を守り伝授してきた人たちの名を重太郎まで十三人を読み上げたのち、千葉佐那、千葉里幾、千葉幾久の名も読み上げた。

女三人の名を目録に書き込むなど前代未聞の事なのだが、龍馬が是非にもと頼み込んで特別に入れたと言う。

「謹んでお受けいたします。ご期待に添えるよう今後も稽古に励みます」

龍馬は神妙な顔で受け取った。

佐那たち三人は、顔を見合わせて笑みを見せた。

「龍馬、帰国するまでには奥伝まで習得し、北辰一刀流兵法皆伝も授かるように精進することだ」

定吉の声には、言葉では表せないような温かみと期待がある。

「肝に銘じて、きっと成し遂げます」

「頼むぞ」

熱い目で龍馬を見た。

「龍馬様、おめでとうございます」

里幾も幾久も龍馬の手をとるようにして隣の部屋に用意してある祝い膳に案内する。

佐那の妹二人は、これまでの姉と龍馬の様子を、静かに見守ってきている。

姉の佐那がいかに龍馬に心を奪われているのか分かっているのだ。

その事は、妹二人だけが気づいている事ではなかった。

父の定吉も兄の重太郎も、口には出さぬが二人の心の動きを読んでいた。

だからこそ定吉は、龍馬が目録に姉妹三人の名も入れてほしいと頼んだ時、

「これまでにない事だが……」

そう言いながらも龍馬の願いを叶えたのだった。

いや、もう少し踏み込んで考えれば、定吉も重太郎も龍馬を北辰一刀流千葉道場の一員として迎えたいという気持ちがあったのだ。

千葉家の者は、土佐の坂本家の台所の内情は承知している。この江戸でなくても土佐で千葉道場ゆかりの北辰一刀流の道場を開いてもらっても良い、そこまで考えていたのであった。

それはとりもなおさず、佐那と龍馬の心の動きを知っていたからのこと、龍馬もそれは感じていた。

「おっ、ご馳走だな。先生、申し訳ありません」

普段はずうずうしいとも思える屈託のないような龍馬も、流石に恐縮して膳についた。

膳の上には鯛《たい》の刺身、かまぼこ、蛸《たこ》のなます、青物のひたし、昆布と高野豆腐の煮物、卵焼き、吸い物にお酒もついていて、そして皆の中央の大皿には大きな鯛の塩焼きが載っていた。

「妹三人が女中たちと手分けして作ったようだ」

重太郎が教えてくれた。

龍馬は胸を熱くしている。

すると突然、幾久が重太郎の膳から刺身の皿を取り上げた。

「うっかりしていました。兄上、兄上はお刺身は駄目でしたね」

「待ってくれ、今日ばかりは食べさせてくれ。この目はもう元には戻らないんだ」

重太郎は悲鳴を上げた。

稽古で右目の光を失った重太郎は、医者から「毒絶ちのためには刺身は食さないように」などと釘を刺されている。

ところが重太郎の楽しみは、朝昼夜と三度刺身を食べるほどの刺身好きだったのだ。

それを絶たれて長い間刺身を口にしていなかったのだ。

「今日だけだ、酒には刺身だ。せっかくの龍馬の祝いではないか」

縋《すが》るように重太郎は言った。

「今日だけは許してやれ」

定吉の言葉で、幾久はしぶしぶ刺身の皿を、重太郎の膳に戻した。

龍馬を祝う酒盛りが始まった。

「うまい酒じゃ、こんなうまい酒を飲むのは、初めてじゃ」

龍馬は重太郎と差しつ差されつどんどん飲んでいく。

「ひいっく」

龍馬はしゃっくりをした。

佐那は、はっとなった。

土佐藩邸で一升の酒を呷《あお》った時、酔っ払ったあの時も「ひいっく」としゃっくりをあげていたのだ。

だが今回は深酔いはしてないようだ。

「お礼にひとつ歌いますきに」

龍馬は立ち上がって皆の顔を見渡した。そして袴の股立《ももだ》ちを取り、黒紋付きの着物の小袖の肩を脱いだ。

　みんな何が始まるのかと興味津々だ。

　龍馬は皆の顔を見渡して言った。

「よさこい節という歌じゃけんど、実は去年土佐にあるはりまや橋で騒ぎがあったんです。竹林寺《ちくりんじ》の純信《じゅんしん》という坊さんと、竹林寺の洗濯女の娘お馬が、はりまや橋で待ち合わせて駆け落ちしたいう事件です。わしは竹林寺の和尚《おしょう》とは懇意《こんい》で、純信もお馬もよく知っちょった。その二人が駆け落ちしたなんてびっくりしたが、純信はお馬の気を引くために名産の珊瑚《さんご》のかんざしを買うて渡したという話じゃ。本当のことはどうなのかはわからんが、今じゃあ皆がはやし立てて、城下でよさこい節の替え歌になっちゃるがよ。それを皆さんにお礼を込めて披露しますきに」

　龍馬は始めようとして足を開いた。そして、

「すまんけんど、みんな手拍子してくれんろうか」

　にっと笑ってぺこりと頭を下げると、龍馬は大げさに手振り身振りして、歌いながら踊り始めた。

〽土佐の高知の　はりまや橋で　坊さんかんざし　買うをみた

よさこい　よさこい～
〽みませ見せましょ　浦戸を開けて　月の名所は　桂浜
よさこい　よさこい～

定吉は笑いを堪えて見ているが、重太郎と三人の娘たちは、きゃっきゃっと笑いながら手拍子を打つ。

龍馬はそんな皆を嬉しそうに横目に見ながら、ますます声を張り上げる。

〽言うたちいかんちゃ　おらんくの池にゃ　潮吹くくじらが　泳ぎよる
よさこい　よさこい～

四

夏の日差しを受けながら、若い男女が品川の坂道を丘に向かって上って行く。
道は人ひとりが通れる獣道のような狭さである。

片側には丈の長い草が茂り、もう一方の片側には低木の木々が濃い緑の葉を広げている。

男は旅姿の龍馬だった。そして女は、見送りにここまでやって来た佐那だった。龍馬が先を歩き、佐那が後を追っかけている。佐那は杖を片手に握っていた。

「大丈夫かえ？」

龍馬は立ち止まって振り返った。

「はい、これしき……鍛えていますから」

佐那は言って笑った。

「その杖、こっちに伸ばしや……」

龍馬は杖の先を自分の方に伸ばすよう促した。

「大丈夫、上れます」

佐那が答えると、

「いいから」

龍馬は強く言い、手を伸ばしてきた。

佐那は少しはにかんで杖の先を龍馬に伸ばした。すると龍馬はその杖の先をしっかり摑《つか》むと、ぐいっぐいっと力強く引っ張っていく。

引っ張りながら佐那を振り返り振り返り、

「土佐に才谷屋が建てた和霊神社《われいじんじゃ》という神社があるがです。何かある時には、わしはそこに参るがよ。ところがその神社は急な坂道を上ったところで、こんなもんじゃない、きついきつい……。ただ道の片側には、つわぶきやらなんやら山野草が咲いていて、わき水がちょろちょろと流れちょる。鳥の声は聞こえるし、落ち葉が朽ちた香りも辺り一面に漂っていて、坂を上っていると嫌なことも忘れるきに」

佐那は話を聞きながら、長い坂道や両脇の草木や、冷たいわき水を想像した。

龍馬は話が上手だった。佐那が退屈しないように、昔の子供の頃の話までしてくれる。

泣き虫だったが泳ぐのが大好きで、雨の日だって泳ぎに行っていた話。

また才谷屋に遊びに行った時には、普段偉そうにして下士や町人を見下している上士が、叔父にぺこぺこ頭を下げて借金を乞うていたことなど。

龍馬は佐那を笑わせようとして話が尽きることはない。

やがて二人は小高い場所にたどり着いた。

そこは少し開けていて、畳三畳ほどの平地になっていて、生えている草もオオバコのような短いものばかり。どうやらここまで上ってきて、品川の宿や海を眺める人たちが結構いるのかもしれない。

そもそも龍馬が、あそこに上って海を見てみようか、などと言い出したのだ。

佐那は宿場の茶屋の二階に上がって、お茶と甘い物でもいただこうかと考えていたのだが、一転して坂を上ることになったのだった。

「佐那殿、品川の海じゃ、綺麗じゃのう」

龍馬は品川の海を眺めながら両手を広げ、大きく深呼吸をした。

「ほんとに……」

佐那も眼下の波打ち際から遠くの地平線まで眺めて感歎の声を上げた。

佐那だって海を知らない訳ではない。何度も江戸湾の海は見てきている。

だが今日目の前に広がる海は、太陽の光を受けてきらきらと輝いていて、それがどこまでも続く光景は、前途は幸せに満ちている、希望は無限に広がっていると、佐那に囁《ささや》いてくれているように思えた。

「海はええのう」

龍馬はまた懐かしむように声を上げる。

「土佐の、桂浜の海もこのように美しいのでしょうか」

佐那は龍馬の横顔に訊く。

「美しい。うねりがあって白い波が押し寄せては返す光景は絶景じゃ。佐那殿にも見せてやりたいものじゃ」

「龍馬さま、私のこと、佐那殿なんて呼ぶのは止《よ》して下さい」

佐那は言った。これまでにも言おう言おうと思っていたが、その機会を逃していた。

「なんと呼べばええんですか……佐那お嬢様？」

龍馬は佐那を見て、子供に何かを聞き出すような顔をした。照れくさいのだった。

「もう……」

佐那はすねてみせてから、

「佐那って呼び捨てにして下さって結構です」

言ってみたが恥ずかしかった。

「いやいや、呼び捨てになんかできるものか。先生に怒られる」

「………」

佐那は黙った。この人はなんにも分かっていないのか、と思ったのだ。

するとと龍馬は、

「佐那さん、にしておこう。わしは女の人を呼び捨てにするのは好かんのじゃ。第一土佐の姉から叱られる。坂本家は女天国、姉にも普段からこう言われちょる。女を馬鹿にするような男は大した人間じゃない、大事を成し遂げる男にはなれんと」

龍馬は照れくさそうに頭を掻《か》いた。

佐那は苦笑した。

「それより佐那さん、今度江戸にわしがやって来るまで、待っちょってくれるろうか……」

龍馬は海を見ながら突然そんな事を言った。

「!……」

佐那は龍馬の横顔を見た。

精悍《せいかん》で真剣な顔が海を見ていた。

「待っています。お約束します」

佐那が答えると、龍馬はにこりと笑って佐那の顔を見た。

佐那も笑みを湛《たた》えた目で見詰めた。

二人は見詰め合った。顔から笑みが消え、目の色は慕いあう苦しさに彩られている。

龍馬は、がばと佐那の肩を抱いた。

ぷんと男の臭いが佐那の鼻孔に忍び込む。

「龍馬さま……」

佐那は龍馬の胸に顔を埋《うず》めた。

佐那の髷には正姫から下賜《かし》されたあの蒔絵の櫛が挿してある。

今日が特別の日になればと、佐那は髪に挿して来ていたのだ。

——ああ……聞こえる。

佐那は息を凝らして、龍馬の心の臓の音をとらえていた。

「佐那さん」

龍馬も佐那の心の鼓動を確かめ、佐那の香《かぐわ》しい髪の薫りや女の肌の柔らかさを確かめている。

龍馬が佐那を抱く力と、そっと佐那の髷に愛おしそうに顔を寄せる仕草をみれば、物言わずとも龍馬の心は分かる。

——正姫さま、私もきっと幸せをつかみます……。

佐那はこの時心に誓っていた。

二人はしばらく抱き合ったまま海の波の音を聞き、撫でていく風に身をまかせていた。

「すぐに戻ってきますきに……」

龍馬は囁くと、ひときわぐっと力を入れて佐那を抱いてから身体を離した。

佐那の双眸《そうぼう》から涙があふれ出る。

「佐那さん……」

龍馬は佐那の頬に落ちる涙を拭くと、

「佐那さんに泣かれたら帰れんきに」

困った顔をする。

「だったら龍馬さま、お願いがあります」

佐那は小さな声で言った。

「ん、なんじゃろう」

互いに交わす言葉には、これまでにない甘いものがある。

「龍馬さまが戻って来るまでに、私、龍馬さまの着物を縫って待っています」

「佐那さん、着物が縫えるがかよ」

龍馬は照れ笑いして冗談交じりの顔で佐那の顔を見た。

「私だって着物ぐらい縫えます」

佐那は頬を膨らませた。

「いやあ、すまんすまん、千葉道場の女剣士がのう……」

「お琴だって弾けます。剣術ばかりしている訳ではありません」

佐那は龍馬の背後に回ると、龍馬の手を広げさせて、裄《ゆき》、肩幅、着丈と自分の手を広げて尺取り虫のようにして測り、手帳と矢立を出して記していく。

佐那はこの時、愛おしい人の肩に触れ、背中に触れ、着物を仕立てることが出来る喜びに打ち震えていた。


「佐那、驚くな。お前に伝えたい話がある」

龍馬を送って品川から帰って来た佐那に、重太郎が告げたのは、

「松平忠精様が崩御されたそうじゃ」

正姫の夫である島原藩主の死去の知らせだった。

佐那は絶句した。

正姫はこの年一月に嫁している。それからまだ半年も経っていないではないか。

「ご病気ですか」

佐那は訊いた。

「おそらく……参勤交代でお国元に帰られてお亡くなりになったという話じゃ」

「お気の毒に……」

佐那は呟く。正姫に下賜された櫛のお陰で、自分も幸せを摑めそうだと思っていた

佐那は、正姫に対して申し訳ない気持ちになった。

「お見舞いは、も少し先の方がよろしいのでしょうね、兄上……」

直《す》ぐにでも飛んでいって慰めて差し上げたいと佐那は思いながら兄に尋ねる。

「まだお亡くなりになって日も浅いのじゃ。少し落ち着いた頃にお見舞いに伺った方がよい。いくら親しいとはいえお大名だ。姫様ご実家の伊達家ならばともかく、お前が易々《やすやす》お目にかかれるとは思えぬ」

重太郎は言った。

佐那は自室に入ると、正姫が暮らしている数寄屋橋のお屋敷に向かって手を合わせた。

嫁いで間もない正姫の、短かった忠精との暮らしに思いを寄せて胸が痛んだ。

大名家の奥方は、藩主の夫が亡くなれば落飾し、その後はその霊を弔って生きるほか術《すべ》がない。例外はあるだろうが、ほとんどの奥方は、ひっそりと生涯祈りを捧げて暮らすのだ。

――正姫様の人生は終わってしまったのか……。

哀しすぎるではないかと祈る佐那だった。だが祈りを捧げるうちに、

――いや、正姫様はきっと立ち直って、自分なりの生き方を見いだされるお方だ。

薙刀指南の時にみた正姫の芯の強さを佐那は知っている。

佐那は祈りを終えると、南天の蒔絵の櫛を袱紗《ふくさ》に包んで箱に収めた。

既に部屋の中には薄い闇が覆っている。

佐那が暮れゆく中庭の景色をぼんやりと眺めていると、

「佐那お嬢様、坂本様は無事にお発ちになりましたか」

なつが部屋に入って来た。

「ええ、ご無事に……」

「あの賑やかな方がいらっしゃらないと、道場も寂しいですよね」

行灯《あんどん》に火を入れながらなつは言う。

「そうね、龍馬さまがいらっしゃらないとお稽古も大変ですもの」

佐那は言った。黒船がやって来てから、江戸にある藩邸の侍たちが剣術を習いにどっとやって来るようになっていたからだ。

「すぐにまたこちらにいらっしゃるんでしょう?」

「ええ、でも一年以内にという訳にはいかないでしょうね。藩庁の許可がなければ来られませんから」

「めんどくさいのですね、お侍さんは……町人だったらお金さえあれば、どうにでもなりますから」

　なつの言葉に佐那は苦笑した。

「今頃は、どこの旅籠《はたご》で夕餉《ゆうげ》を召し上がっているのやら……」

　なつは独りごちて、佐那に食事の支度が出来ている事を告げ、部屋を出ようとした。

「なつ！」

　佐那は呼び止めた。

「一度一緒に行ってほしいところがあるのですが、いいかしら……ただし、どこに行くかは父上や兄上には内緒よ」

　口に人差し指を当てた。

「あら、なんでございますか」

　なつは笑って引き返して来て聞き返す。

「いい？　内緒よ」

　佐那はもう一度念を押すと、

「龍馬さまに約束したんです。今度いらっしゃるまでに、お着物を縫っておきますって」

「まあ……」

なつは両手でぱちんと嬉しそうに叩くと、

「良かったですね、お嬢様。それで、どんなお着物を？」

なつは膝を寄せて来る。

「迷っているの。呉服屋さんに行ってから決めます」

「分かりました。ご一緒します。いつでもお声を掛けて下さい。でもお嬢様、お嬢様はお着物縫えるのかしら」

案じ顔のなつである。

「だから、あなたに手伝ってほしいんです。いえ、縫うのは私が縫いますから、側で見ていて、ああだこうだと……母上に教わってはいますが心配で……」

「分かりました、お任せ下さいませ」

なつは胸を叩いて退出していった。

婚約

一

佐那が正姫を訪ねたのは中秋の昼七つ過ぎだった。

島原藩三田の中屋敷から使いが来て、今は眞鏡院《しんきょういん》となった正姫が佐那に会いたいと伝えてきたからだった。

佐那の心は重かった。

夫を亡くして落飾し、住まいも中屋敷に移した正姫に、どんな言葉を掛けてよいものか、お屋敷が差し向けてきた駕籠《かご》に乗って向かう道すがら、様々考えてみたが答えは出なかった。

屋敷に到着すると、待ち受けていた奥の女中が、

「雪野《ゆきの》と申します。ご案内いたします。眞鏡院さまは朝からずっとお待ちでございます」

奥の玄関口で待ち受けていた。

「眞鏡院さまのお加減はいかがでしょうか」

案じ顔で訊いた佐那に、

「殿様が亡くなられたと知った時から気丈なお振る舞いで、陰では涙を流しておられると存じますが、私ども側《そば》の者には涙をお見せになったことはございません」

雪野はそう教えてくれたのだ。

佐那には分かるような気がした。自分と同い年の眞鏡院の性格は良く知っていたからだ。

「こちらでございます」

「！……」

雪野に案内されて、佐那は眞鏡院が住まいする部屋に向かった。

眞鏡院は縁側を眺めながら黙然として座っていた。縁側にはススキが活《い》けられ、月見団子や御神酒《おみき》も供えられている。

その先に広がるお屋敷の庭には、あちらにもこちらにも萩の花が咲いているのが見える。

「佐那でございます」

手をついて挨拶をした。

佐那は髪に眞鏡院から頂いたあの櫛を挿して来ている。

「よく来てくれました。こよいの月を、そなたと過ごしたくて……さあ、こちらへ」

眞鏡院は言った。

声はかぼそかった。髪は下ろしていて顔は少し青白く、ひとまわり細くなったように見受けられる。

――おいたわしい……。

佐那は胸が詰まったが口には出さなかった。

眞鏡院の嘆きを増幅させるような言葉は止《よ》そうと思っていた。

「広尾のお庭でそなたの指南を受けていたことが懐かしい。まだ一年も経ってないのに、あの頃のことが、ずいぶん遠くになったような気がします」

眞鏡院は寂しげな笑みを見せた。佐那は思っていたより元気に見える眞鏡院に少しほっとしていた。

すぐに二人の前には心づくしの膳が運ばれて来た。

膳には盃《さかずき》が載っている。その盃を手にして二人は少し御酒を口にした。

眞鏡院が料理に箸をつけたのは、ほんの数回、すぐに雪野に命じて琴を二面、部屋に運ばせた。

一面は自分の前に、そうしてもう一面は佐那の前に置くよう命じて、

「以前にお琴も弾くとおっしゃっていたでしょう……今日は一緒に『月光』をどうかしら」

佐那に問う。佐那は恐縮して言った。

「私の琴など眞鏡院さまにお聞かせするようなものではございません」

「いいえ、今宵《こよい》は頼みます。数寄屋橋のお屋敷で、二度ほど忠精さまに琴をお聞かせしたことがあるのです。その曲が月光でした。琴の音で御霊《みたま》をお慰めしたいのです」

佐那は静かに頷いていた。

二人の演奏が始まった。夜のしじまに、庭の闇を照らす月の光に琴の音が呼びかける。

月光の曲は、しずかに、さやかに、明鏡止水《めいきょうしすい》の境地に誘ってくれる名曲だ。

二人は息を合わせて弾き始めるが、奏で始めてまもなく、眞鏡院が弾くのを止《や》めた。

「！……」

佐那は迷ったが、一人で弾いていく。

月の光が山を照らし野を照らし、川を照らして海の静けさと波のうねりの激しさを表すところに差し掛かった時だった。

「うっ」

眞鏡院の嗚咽《おえつ》が聞こえた。

はっとなって視線を走らせると、眞鏡院が袖で涙を抑えて泣いていた。眞鏡院は臆面も無く涙を流していた。

佐那の胸も張り裂けそうになった。だが佐那は最後まで手を止めることはなかった。

「佐那、ありがとう」

眞鏡院は、佐那の手を握った。

「いつでも私は参ります」

佐那も強く握り返して屋敷を後にした。

佐那は、近頃ため息ばかりついている。品川で龍馬を見送ってからもう二年が過ぎていた。

龍馬と約束した着物は、とっくに出来上がっていて、品川で龍馬を見送ってからも
龍馬の着物は白生地を購入し、それを何度も染めた漆黒の紋付きに仕立ててある。染めは何度も染めることで深い色が出て来るのだ。同じ黒地の着物を着ていても、その着物が上物かどうか、染めの深さを見れば分かる。

むろん紋は坂本家の桔梗紋。漏れ聞く話によると、桔梗紋は明智光秀《あけちみつひで》との縁があるということらしい。

坂本家の先祖は江州《ごうしゅう》坂本の武将だったが、坂本城落城の後、土佐に逃れて才谷村に移住、寛文六年に土佐城下で才谷屋を開いたのだという。

佐那は、漆黒の生地を、なつに手伝って貰って裁断し、一針一針縫ったのである。

——早く龍馬さまの肩に掛けてあげたい。

慕る思いを膨らませて、佐那は夜なべもいとわず縫い上げたのだ。

縫い上げたその夜、佐那は着物を衣桁《いこう》に掛けて眺めた。

漆黒の着物に桔梗紋が燭台《しょくだい》の明かりを受けている景色は、まるでそこに龍馬がいるかのような錯覚を覚えた。

どだったのだ。

だからだろうか、その着物に手を触れ胸に抱くことさえ、佐那は恥ずかしく思うほ

「きっと坂本さまは、このお着物に引かれて、まもなくいらっしゃるに違いありませ
ん」

なつはそんな事を言ってくれたが、龍馬は一年たっても二年たっても佐那のもとに
は現れなかった。

千葉道場に入門している土佐藩の者に訊いても、まだ土佐にいるらしいとのこと、
佐那は次第にやるせない気持ちを追い払うことが出来なくなって行った。

薙刀を教えていても、ふと頭の中には龍馬が現れる。自室にいればなおさら心を龍
馬にとらわれていることを知るばかりだ。

しかも佐那には縁談が持ち込まれていた。

千葉道場の娘で、しかも大名屋敷に出稽古に通う佐那は、出稽古に行った先の武家
や旗本の嫡男など、身分としては遥かに千葉家より格上の家から申し出があったのだ。
それもひとつやふたつではない。だが佐那は、それら全てを断っていた。

父親の定吉も兄の重太郎も、そして妹たちも佐那が何故断るのかむろん気づいてい
た。佐那の心を思いやる反面、行かず後家になるのではないかという心配もしていた

のだ。

「ご心配をかけて申し訳ありません。でも私は、嫁にはいかぬと決心したのです。このご時世です。剣術家の娘として何か人のためにたちたいと思っています」

佐那がいいわけを並べると、

「馬鹿な……正気の沙汰とは思えぬ。お前なら望めば良い所に嫁げるのだ。実際そういう話も一つや二つではないことはお前も承知のはず……」

定吉はじろりと佐那の顔を見る。

佐那は口を閉じて答えなかった。喉元まで龍馬の名前が出て来ているのだが、父親に告白するほどの自信はなかった。

それでも信じていたいという気持ちに変わりはない。龍馬が自分を忘れたなどとは考えたくもない。

龍馬がまだ江戸にやってこないのには、何か訳があるのだろうと思うようにしていた。

実際龍馬が土佐に帰る前後から、世の中は緊迫した空気が続き、不安に駆り立てられている。

ペリーは強硬な態度で和親条約に調印させて帰って行ったが、こんどはアメリカ総領事のハリスがやって来た。日米修好通商条約を迫ったのだ。

右往左往する幕府は、これまで政治については蚊帳《かや》の外に置いていた朝廷に勅許《ちょっきょ》を望んだのだ。

ところがその勅許はなかなか得られず、一方ではハリスには脅される。

安政五年、老中堀田正睦《ほったまさよし》は、条約調印の難局に際して、松平慶永《まつだいらよしなが》（後の春嶽《しゅんがく》）を大老に据え、水戸藩主斉昭《なりあき》の第七子で御三卿のひとつ一橋《ひとつばし》家を継いだ慶喜《よしのぶ》を将軍継嗣《けいし》とするよう進言した。

だが家定は首を縦には振らなかった。

そして四月二十三日に家定は彦根《ひこね》藩の井伊直弼《いいなおすけ》を大老に据えた。

将軍継嗣については甥の紀州《きしゅう》藩主徳川慶福《よしとみ》（後の家茂《いえもち》）を後継とするよう井伊直弼に頼んだのだ。

大老となった井伊直弼は、勅許を待たずに日米修好通商条約に調印、将軍継嗣も慶福に決めた。

将軍家定はまもなく崩御、慶福が家茂と名を改めて将軍に就いたが、これにより慶福を押していた南紀派と、慶喜を押していた一橋派の攻防が激しくなった。

一方、孝明天皇《こうめいてんのう》は条約調印で無視された事を怒り、水戸に勅諚《ちょくじょう》を送った。井伊直弼をないがしろにしようとしたのだ。

　このことが、井伊直弼から激烈な逆襲を受ける事になったのだ。

直弼はまず皮切りに松平慶永の意を汲んで暗躍していた橋本《はしもと》左内《さない》、海防策で幕府を批判していた小浜《おばま》藩士の梅田雲浜《うめだうんぴん》等を捕縛《ほばく》して投獄した。

　翌安政六年になると、長州《ちょうしゅう》藩士吉田松陰《よしだしょういん》なども捕縛し、死罪切腹などの刑に処した者八名。隠居、慎、免職など処分した者は百余名。刑死者の水戸藩家老安島帯刀《あじまたてわき》を筆頭に死罪切腹の半数は水戸藩の者であった。

　処罰は大名公家にも及んだ。

　徳川斉昭は永蟄居《えいちっきょ》、徳川慶篤《よしあつ》は差し控え、一橋慶喜は隠居・慎、山内豊信《とよしげ》は慎、鷹《たか》司《つかさ》政通《まさみち》、三条実万《さねつむ》は落飾、慎に処されたのだ。

　この様子では近いうちに、マグマが噴き出すように何か起こるのではないか。

　千葉道場の者は息を殺して見ていたのだが、懸念していたとおり、徳川家二百五十年余の治政を揺るがす大事件が起こる。

　それは今年の三月三日のことだった。

　屋根も路《みち》も白く覆われ、更に江戸の町に雪が降り注いでいた五つ半、登城途中の井伊直弼が桜田門外で水戸浪士たちによって惨殺される事件が起きたのだ。

重太郎はこの時、一報を耳にすると刀を摑んで桜田門外に走った。

だが重太郎が到着して実見したのは、襲撃が終わったあとの遺体片付けの光景だった。

「いやあ、目を覆いたくなるほど残酷なものだったようだ。積もっていた雪が血に染まっていた。何人殺されたのか時間が経たねば分かるまい」

帰って来た重太郎は、定吉や佐那にそう伝えたのだった。

二

龍馬が千葉道場に顔を見せたのは、文久二年の八月二十二日の昼過ぎのことだった。

「先生、坂本さまでございますよ」

下男の常次が重太郎に知らせるために、廊下を走って行くのを佐那は聞いて、咄嗟《とっさ》に玄関に走っていた。

品川の海を眺めながら別れを惜しんでから実に三年余の歳月が流れていた。

「龍馬さま……」

感極まる思いで出迎えた佐那に、

「すまなかった、詳しい話はあとでするきに」

悪びれた様子もなく、龍馬はにっこりと白い歯をみせたのだ。

佐那は頷くしかなかった。

待ちわびていた佐那はもう二十五歳になっている。恨みのひとつも告げたかったが、龍馬の身体に漂う険しいものがそれを阻んだ。

龍馬はこの時二十八歳、一段と精悍《せいかん》な顔つきで、以前より日焼けもしているし体つきも逞《たくま》しくなっていた。

佐那が座敷に龍馬を上げると、すぐに重太郎が道場の方から戻って来たし、丁度在宅していた定吉も座敷に入って来た。

「ご無沙汰をいたしました。皆様にはおかわりなく……」

龍馬は、父の定吉と兄の重太郎に頭を下げた。

佐那は皆とは少し離れて座った。

「元気そうでなによりじゃ」

定吉は笑顔で言った。

「いやあ、申し訳ございません。もっと早く出て来て先生のお手伝いをするつもりじゃったけんどいろいろありまして……」

龍馬は頭を掻いた。

皆が驚いたのはその身なりである。

総髪にして頭頂で結い上げた髷も乱れ、衣服もほこりだらけで、しかも汗がしみついて臭っている。若い男の垢《あか》じみた臭いは、部屋の中に入るとより鼻をつく。それに、単衣《ひとえ》も袴も汚れていた。どこかの古着屋で求めたものらしく、これまで龍馬が身につけていた物とは格段の違いがあった。

「あっ、臭ってますか？」

龍馬は、くんくんと自分の両袖を嗅いだのち、

「土佐を出る時には三月でした。その時には袷《あわせ》を着ていましたが、あちこち廻っているうちに秋になってしもうて、これは大坂の古着屋で買《こ》うた着物ですきに」

はっはっはっと陽気に笑うが、悪臭を振りまいてしまったことにはさすがに恐縮しているようだ。

「三月に土佐を出たという話だが、いったいどこで何をしていたのだ？」

重太郎が訊いた。

「下関の方に人に会いに行ったんです。九州にも足を延ばして、それから大坂に出て、京にも少し……いろいろとわしなりに調べたいことがあって……」

龍馬の顔は、すっと真顔になる。

「いや、確かに……世の中は物騒になっている。おぬしも知っているだろうが、こちらでは大老の井伊様が襲われたばかりか、この一月には坂下の門でも襲撃があった。幕府のやり方に面と向かって決起する者が増えている」

「おっしゃる通りです。土佐でも不穏なことが起きていますきに」

龍馬の言葉を受けて重太郎は頷くと、

「勤王党《きんのうとう》のことだろう。昨年土佐の武市半平太が、この江戸で『土佐勤王党』を結成したと聞いているぞ」

きっと龍馬を見た。

武市半平太は土佐勤王党を結成するにあたって、武芸の修行だと称して西国遊歴の許可を藩庁から得、岡田以蔵《おかだいぞう》らをともなって、四国、中国、九州と、流派五十カ所を廻っているが、その中身は尊王論の遊説だったのだ。

そして一度土佐に帰国したが、翌四月には再び藩庁の許可を得て江戸に出て来て、水戸、長州、薩摩《さつま》の志士《しし》たちと会った後に、七名の同志とともに土佐勤王党を立ち上げている。

龍馬は思案の顔で告げた。

「実はわしも、土佐で武市さんに勧められて勤王党に入ったけんど、どうもやり方が気に食わん。それで土佐を出て来たんです。わしはわしのやり方でやってみたいと」

「うむ、勤王党はなかなか過激のようではないか。吉田東洋《よしだとうよう》という重役を斬ったと聞いている」

重太郎も険しい顔になって訊く。

血なまぐさい騒動は、この頃になると一気に時空を飛び越えて全国に伝播《でんぱ》する。まして江戸にいる重太郎などは、様々な藩邸の者が通ってきているから、どこの藩で誰が事件を起こしたかなど、すぐに耳に届くのだ。

「まさかおぬしも、吉田東洋を殺《や》ったんじゃあるまいな」

重太郎の案じ顔に、龍馬は手を振って否定し、

「人ひとり斬って土佐藩の考えが変わる訳がない、とわしは思うちょる。わしは武市さんにそう言って止めたんじゃ。だが、血気にはやった奴らをもう抑えることは出来んかったのじゃないかな。今わしが思うのは、のちのちあの殺人が武市さんの首を絞めるんじゃなかろうかと心配しちょる」

龍馬は苦渋の顔で言う。

「そうか、おぬしは関わっていなかったのか？」

重太郎はほっとした顔だ。

「むろんです。吉田東洋襲撃の折には、もう土佐を出ちょりました。第一わしは、人を斬るのは好かん。武力で相手の意を押し込めたら、また武力でこちらも押し込められる事になる。真の解決にはならん。時間はかかるかもしれんけんど、話しあってお互いに納得する。それが一番大事じゃとわしは信じちょる」

重太郎は深く頷いた。

剣に強い者ほど、かるがるしく剣を使うことをよしとはしない。

「で、おぬしは今度はどれだけ滞在できるのだ……上屋敷か中屋敷か？」

重太郎は龍馬の顔を見た。すると龍馬は頭を掻いて、

「それだが重太郎さん、ここの道場でしばらく住まわせてもろうてええじゃろか。いや実は、いろいろと考えていたら気が急《せ》いて、一刻も早う国を出たい……そう思うてつまり、藩庁には届けず許可も貰わずに出て来たものですから」

「何……すると、脱藩してきたのか？」

定吉も重太郎も驚愕して龍馬を見た。

脱藩は掟《おきて》破りだ。藩によっては家名は断絶、厳しい場合は切腹を命じられる。

「まっ、そういう事で……」

龍馬は首をすくめる。

「で、兄上やご家族に大事はなかったのか？」

重太郎はそれが案じられたのだ。

「なんとか難は逃れられたようです。それも分かってこちらに伺いました」

「分かった」

定吉は膝を叩くと、

「千葉道場には浪人者もいる。道場に寄宿して皆の指導にあたってくれ」

威厳のある声で言った。

佐那は、ほっとして胸をなで下ろした。

同時にこれから龍馬と同じ屋根の下で暮らせるのかと思うと、心が熱くなった。

「とにかく垢を落としてくれ。これからの事は、その後で話そう。臭くてかなわん」

重太郎は鼻をつまんだ。

「ありがとうございます。恩に着ます」

龍馬は定吉と重太郎に頭を下げてから立ち上がった。

「待て」

定吉が部屋を出ようとする龍馬を止めた。

龍馬は再び定吉の前に座った。

「ひとつ尋ねたいことがある」

「はっ……」

龍馬は緊張した顔で定吉を見た。

「そなたは、佐那のことをどのように考えているのだ」

定吉は龍馬の目をとらえている。声は穏便だが、その目には険しい光が宿っている。

佐那は仰天して父の顔を見た。何を言い出すのかひやひやしているのだ。

いや、父の言葉より、龍馬がどんな返事をするのかと胸が騒ぐ。

龍馬は定吉から目を逸《そ》らして唇を引き締めた。神妙な顔つきだ。

「龍馬よ、佐那は良縁だと思える縁談も全て断ってきているのだ」

「…………」

龍馬の顔が苦しげに歪んだ。

「その原因がそなただと分かったのは半年前のこと、女中のなつから聞いたのだ。佐那はそなたの着物を縫って待っているのだとな……龍馬、その時のわしの、父親の気持ちが分かるか……」

「申し訳ございません！」

龍馬は平身低頭した。

――父上……。

佐那は父の言葉に驚くと同時に、密かに心配してくれていた事を知って胸が締め付けられた。

龍馬は頭を畳に擦《こす》りつけたまま言った。

「私は、佐那殿を妻にいただきたい。ずっと以前から思っていました」

「！……」

佐那の頬が染まっていく。

長い間姿を現さなかった龍馬だが心変わりはしていなかったのだ。信じていて良かったと佐那は思った。

心揺れる佐那の目の前で、龍馬は必死で畏《かしこ》まって説明する。

「ですが、ただいま話しました通り浪人となってしまいました。この世の混乱を坐して見ていては男子が廃《すた》る、見てはいられない、そういう思いにかられまして、ただただ世の中を変える一助と自分もなりたいと思い立ち、国を出て来た次第です。そのような者が、佐那殿を妻にとお願いしても許される訳がない、そう自問自答しております」

しばらく沈黙が続いた。

やがて定吉が言った。

「よく分かった」

龍馬がはっと顔を上げると、

「男子は大望をもってこそぞ、龍馬。北辰一刀流を打ち立てた我が先代も、艱難《かんなん》を乗り越えてでもという大きな望みがあったからこそ大望を成し得たのじゃ。わしも若ければ、この混沌《こんとん》とした世の中をなんとかしたいと立ち上がっていたかもしれぬ」

「先生……」

龍馬は、きっと見る。

「龍馬、心を決めたのなら、やってみるがいい」

「ありがとうございます。先生の言葉を亡き父の言葉として胸に刻みます」

脱藩してきた龍馬は、思いがけぬ定吉の言葉に千人力の力を得た。

定吉は佐那の方を向いて訊いた。

「佐那、そなたはどうする……龍馬が何をやろうとしているのか聞いたであろう。それでも龍馬を待つか……そなたの気持ち次第じゃ」

「父上、兄上、佐那の気持ちは決まっています。龍馬さまが大望を果たして帰ってくるのを待っています」

佐那は、父と兄に手をついた。

「長いぞ、待てるのか……」

重太郎が案じ顔で訊く。

「はい、待てます。出来れば佐那も龍馬さまと一緒に世のために働きたいものでございます」

佐那は、きっぱりと言った。

「これだこれだ、女の身でそんな事を言う者がいるものか。龍馬も変わり者だが、お前も相当な変わり者だ。龍馬、こんな変わり者でもよいのか……」

定吉が少し浮かれた声で言った。

重太郎が笑った。

佐那も龍馬と顔を見合わせて笑った。

三

龍馬は翌日から道場に出て、重太郎の右腕として門弟を指導した。

桶町の千葉道場は稽古時間を割り振るのに難儀するほど門弟が多い。そして稽古が終われば、寄宿している男どもと酒盛りとなる。しかも龍馬は、稽古の合間を見ては外出する。

やっと再会できたのに、佐那はまだじっくりと話す時間さえなかった。

――せめてあの着物を一度着て貰いたい。肩に掛けてもらいたい。

そう思うが、二人っきりになる機会もなかった。

龍馬は道場に寝泊まりしているが、夜間にその部屋を訪ねるのは、いくら許嫁《いいなずけ》になったといっても家族や使用人や門人たちの目がある。

軽々しい行動は慎まなければならなかった。

――かくなる上は……。

佐那はこの日、門弟たちが稽古を終えるのを待って、袴を着け、襷《たすき》を掛け、竹刀を握って道場に入った。

「佐那さん……」

龍馬は戸惑いの顔を向けた。

佐那は、つかつかと龍馬の正面に歩いて行くと、

「勝負！」

竹刀を正眼に構えた。

「止そう、佐那さんには負ける」

龍馬は竹刀を構えるどころか、苦笑をみせるとくるりと背を向けた。

「やあ！」

佐那はいきなり打ちかかった。

龍馬は振り向き、佐那の一打を咄嗟に撥《は》ね除《の》けたが、

「止めてくれ」

立ち合う気はない。

「面！」

佐那は龍馬の面を打つ。だが額から一寸手前で佐那の竹刀は止まっている。

打てる筈がない。龍馬はだらりと腕を下ろしたままだ。

佐那はすっと竹刀を引いた。そして再び、

「胴！」

今度は本当に龍馬の胴を打った。力は加減したが、胴を打った音が道場に響いた。

それでも龍馬は動かなかった。

「！……」

こちらの誘導に微動だにしない龍馬に、佐那は苛立ち、

「えい！」

今度は袈裟《けさ》懸《が》けに切り下げた。龍馬の左肩にパシリと当たったが、これも龍馬はなすがまま打たせたのだ。

――もう許せない……！

と佐那は、

「えい！　えい！　えい！」

龍馬の胴を癇癪《かんしゃく》をおこした子供のように続けて打った。

「佐那さん、気が済むまで打ってくれ。佐那さんの気持ちは分かっている」

龍馬が言った。

「！……」

佐那は竹刀を床に落とした。佇《たたず》んだその場所で龍馬を見詰める佐那の双眸《そうぼう》から大粒の涙がこぼれ落ちる。

「佐那さん、すまない」

龍馬は佐那に歩み寄ると、腰の手ぬぐいを引き抜き佐那の涙を拭った。

「龍馬さま……」

佐那は龍馬の胸に飛びついた。

「寂しい思いをさせてしまった。だが、佐那さんの事は、ずっとこの心の中にあったんじゃ。忘れる筈がないろう？」

龍馬は佐那の身体を両手で離して、佐那の顔をじっと見詰める。

「それなら何故、便りのひとつも寄越してくれなかったのでしょうか」

佐那は俯いたまま甘えた声で言った。

「だから、すまんと言っている」

「品川の海を見ながら約束したではありませんか。あの時龍馬さまは、すぐに戻ってくるとおっしゃいました。こんなに、こんなに長く待たされるなどと夢にも思いませんでした。明日はいらっしゃるか、いや、来月かと胸の中で指折り数えて、縫い上げた着物に問いかけておりました」

佐那は心にたまったものを伝えているうちに、感情が高ぶって堰《せき》を切ったように言葉を重ねていく。

「一日が千日にも思えました。それが三年余も続いたのです。龍馬さまのために一針一針縫い上げたお着物を見るのも辛くなって苦しくて……幼いころから佐那は物に動ぜず冷静だと父上にも言われてきたのに、そんな自分が自分でなくなっていくようで、こんな事なら、今度龍馬さまが現れたら、わたくし、龍馬さまを刺して死んでしまおう、そう思っておりました」

「うん……」

龍馬は、真面目な顔で頷いている。

「待っても待っても、龍馬さまは戻ってこないんですもの、私、龍馬さまにはきっと良い人が出来たのかもしれないと……」

佐那は、拗《す》ねた目で龍馬を見上げた。

「！……」

龍馬の顔が佐那の顔に覆い被さるようにして見ていた。

佐那は、はっとして視線をそらせた。

「何故です……何故便りのひとつも寄越さなかったのでしょうか……便りひとつあれば、佐那は待てます。いつまでも待っています」

「すまん……便りひとつ書けなかったのは、わしはわしで佐那さんの気持ちがもう離れたんじゃないかと恐ろしかった。それに、女のそなたに全て分かってもらうのは難しいかもしれんが、いっときも気を抜けないような世の中じゃ。そのようなところに身を投じている男は、佐那さんには不釣り合いなんじゃないかと……わしとの約束がなかったら、佐那さんは今頃どこかに嫁に行って子供の一人も生まれちょったかもしれんと思うと」

「止めて下さい」

佐那は龍馬の言葉を制した。

「佐那はどこにも参りません。龍馬さまは佐那に土佐の海を見せてやりたい、桂浜を見せてやりたい、そうおっしゃったではありませんか」

「覚えちょる、嘘じゃない」

「父上の許しも得たことです。父上は土佐の兄上様に佐那と許嫁の約束を交わした事を文にてお伝えすると申しておりました」

「兄上に……」

龍馬は驚き、そしてはっはっと陽気に笑った。

「そりゃあびっくりするぞ、兄上は冗談じゃなかろうか、そう思うかもしれんな。千葉道場秘蔵の娘御を龍馬が嫁に出来るなどと考えてもおらんじゃろうからの」

佐那は機嫌を直して恥ずかしそうな笑みを見せる。

「それにこんな美人は土佐にはおらんきに。いや日本中探してもおらんのじゃないか……はっはっ、兄上に見て貰える日が楽しみじゃ」

龍馬は佐那の鼻をぽんと人差し指で叩いて、

「その時は、わしはいばってやろう。えへんえへんと……」

「知りません」

佐那は、龍馬に背を向けた。

先ほどまでの怒りはどこへやら、佐那の心は満たされていった。

「龍馬さま……」

弾んだ声で龍馬の方に振り向いたその時、

「坂本さま、お客様です」

下男の常次が庭から声を掛けてきた。

「客？」

龍馬は道場の縁側に出た。

「龍馬、やっぱりここじゃったかよ」

やって来たのはむさ苦しい男三人だった。

「よう、お前たちこそどうしたが？」

龍馬が迎える。

「ちょっとおまんに話があるがよ」

色の黒い男が言った。男には皆土佐弁のなまりがあった。

佐那が母屋《おもや》に引き上げようとすると、

「佐那さん、紹介しておこう」

龍馬はそう言って、やって来た三人のむさ苦しい男たちを紹介した。間崎哲馬《まさきてつま》、門田為之助《かどたためのすけ》、上田楠次《うえだくすじ》、いずれも勤王党の者だという。

「勤王党……」

佐那はその名を聞いて胸騒ぎがする。重役吉田東洋を暗殺した話を聞いている。

「まあ上がりや、一杯やりながら話そう。わしも訊きたい事があるきに」

佐那の心配をよそに、龍馬は三人を自室に招き入れたのだった。

「すまないが先日ここにやって来た連中と京に行くことになった。何、すぐに戻る」

龍馬は千葉道場にやって来てから僅か一月足らずで、また出て行ってしまった。

佐那の落胆は言うまでもない。

しかも兄の重太郎まで慌ただしく動いている。

重太郎は鳥取藩三十二万五千石の江戸藩邸剣術取立だが、どうやら佐那などには言えない任務を仰せつかったようである。

「お嬢様、先生がお仕えしている鳥取藩というのは、殿様は池田慶徳《いけだよしのり》様でしょ。水戸の斉昭様の五番目の御子息で鳥取藩にご養子として入られた。また慶喜様とは母違いの兄上様、いったいどちらにお考えなんでしょうか」

どちらに……となつが言ったのは、尊皇か親幕かという事だった。

実際鳥取藩は、二派に分かれて揺れていたのだ。

「詳しいことは兄上から聞いていませんが、どうするのでしょうね」

佐那は曖昧に答えた。

重太郎は本日十二月三日には、藩主慶徳上洛を明日に控えて『斡旋方《あっせんかた》』として召し出された。

ますます重太郎の役目も重みを増してきているのだった。

「今夜はお刺身をお膳に載せるように幸奥様からもお聞きしています」

なつはそう言って佐那の部屋を退出した。

幸とは兄の妻のこと、斡旋方を仰せつかった兄のための祝い膳が出るようだった。

だがそのなつが、すぐに引き返して来て佐那に告げた。

「坂本様がお帰りです」

佐那が玄関に走ると、

「近藤《こんどう》長次《ちょうじ》郎《ろう》です」

龍馬は見知らぬ侍を連れて帰って来た。この侍もやはり土佐の者のようだった。

よくよく龍馬は人を連れて来るのが好きなようだ。

急遽《きゅうきょ》重太郎の膳は、龍馬と龍馬の客人と一緒に、居間の隣の部屋に設けられた。

家族は皆居間で食事を摂ったが、兄たちの話はこちらにも筒抜けだった。

酒が入ったところで、近藤長次郎なる男について、

「いやあ、この男の両親は土佐の城下で『大里屋《おおりや》』というまんじゅう屋をやっておりましたが、河田小龍先生の門人でアメリカの政治文化を学び、この江戸においては高《たか》島《しま》秋帆《しゅうはん》先生に砲術を学び、両親が亡くなってから士分に取り立てられた男です」

と龍馬が重太郎に紹介した。

「今後ともよろしく」

くりっとした目で近藤長次郎は言った。そして、

「いや、突然伺って申し訳ありません。実は京で龍馬に会った時に、千葉道場のお嬢さんと二世を誓ったなどと申すものですから、私も一度お目にかかりたくて」

などと言い、にこっとして佐那に視線を送って来ると、

「いやいや、龍さんの言う通り、美しい、驚きました」

いかにも羨《うらや》ましそうに言う。

佐那は苦笑した。龍馬が自分のことを友に話していてくれた事が嬉しかった。

重太郎もまんざらでもない顔で笑っている。

だがその時だった。

「たのもう、坂本さんは、おりますろうか！」

道場の方で大きな声がする。

まもなく常次に連れられてやって来たのは、これまた土佐の人間で、

「岡田以蔵といいます。坂本さんに会いとうて参ったのですが……」

男は名を名乗ってぺこりと頭を下げた。

――この人は……。

佐那は以蔵を一見して、その表情、身体に纏《まと》っている険悪さを感じ取り、胸騒ぎを覚えた。

――この人の身体からは死の臭いが漂っている……。

そう思った。

「何じゃ、こっちに来ちょったのか」

ところが龍馬は、この以蔵という男にも嫌な顔ひとつせずに座敷に上げた。

「姉小路《あねがこうじ》様の護衛で来たんやけんど、七日には京に戻ることになっちゅうがよ。坂本さんに久しぶりに会いとうなって……」

陰気な男だが、龍馬には親しみがあるらしい。弟が兄にしゃべるように心を許している。

以蔵という男は、江戸に出て来たのは十月の末だという。だからもう一月以上江戸にいるのだと話し、

「退屈で近頃では近くの居酒屋で寝泊まりしておるんよ……」

と照れくさそうに言った。

どうやらその居酒屋の女と懇意《こんい》になっているようだった。

佐那は、こういう人間は苦手だなと思った。

酒の飲み方も龍馬や長次郎のように陽気ではなく、孤独が張り付いているように背を丸めて飲む。その姿は、ただただ陰気だった。

龍馬たちはしばらく四方山《よもやま》話を肴《さかな》に飲んでいたが、

「以蔵、お前には言いたいことがある。聞いてくれるか」

龍馬がふいに真面目な顔で言った。

「何だ、いいよ、何でも言うてくれ」

以蔵が盃を膳に置くと、

「お前、姉小路様の警護で江戸に来たと言ったな」

念を押すように以蔵の顔を見て言った。

「そうだ」

「武市さんの命令なのか？」

龍馬の目が鋭くきらりと光った。

姉小路とは尊皇攘夷《そんのうじょうい》を唱える過激な公家で、姉小路公知《きんとも》という人だ。長州土佐の志士から仰がれて、流星のごとく政局の中心に立った人だが、翌年五月には薩摩藩の殺し屋田中新兵衛《たなかしんべえ》によって、禁裏朔平門外《さくへいもん》の猿が辻で殺害されることになる。

これによって京では薩摩藩の力が急激に衰えて長州藩との確執も生まれる訳だが、龍馬はこの度の護衛は武市の采配からのものだと思ったのだ。

姉小路を守るというその姿勢を問題にしているのではなく、このところ噂にも聞こえて来ている以蔵の存在だった。

以蔵は武市さんの言うことならなんでも聞く。その為に以蔵はこの頃『人斬り以蔵』と恐れられている。

そういった噂を龍馬は耳にしていたのだ。

この時以蔵は、龍馬の問いに面倒臭そうに返事をした。

「そうだが……それが何だ……あのお方は我らにとって大切な人じゃろう？」

何故そんな事を訊くのだという顔をしている。

「わしは以蔵、お前のことを心配して訊いているのだ。お前が、一生懸命なのも分かる。だがな、武市さんに命じられたからと言って、考えもなく従っているのではないかと思ってな」

龍馬の言葉は険しかった。今まで見たこともない顔をしている。

「何を言いたいんじゃ、はっきり言うてくれよ。奥歯に物のはさまったような言い方は止めてくれ」

以蔵も険しい顔になった。

「よし、言ってやろう。だがわしは、お前のことを案じて言うのだぞ。以蔵、お前、もう人を殺《あや》めるのは止めろ」

龍馬は険しい声で言った。

「ふっ……」

以蔵は冷たい笑みを見せる。

「わしは知っているのだぞ。吉田東洋暗殺を探索していた下横目の井上佐市郎《いのうえさいちろう》を皮切りに、越後出身の本間精一郎《ほんませいいちろう》、この男は勤王党でありながら幕府に通じているという噂があった男だな。そして、安政の大獄に手を貸したと言われていた宇郷重国《うごうしげくに》、同じく安政の大獄にかかわった目明かしの文吉、他にも名が挙がっているが、それらを暗殺したのは以蔵、お前たちだろう……」

以蔵は険しい顔で龍馬を睨んだ。

「土佐にいるお前の親父さんや弟の事を考えろ。いつかとばっちりを受けるかもしれんぞ」

こちらの部屋で見ている者ははらはらしている。

以蔵が、膝の横に置いていた刀を握った。

「！……」

佐那はぎょっとした。

だが以蔵は、刀の鐺《こじり》を畳につけ、杖にしてぐいと立ち上がると、

「坂本さんには俺の気持ちは分からん、分かるものか！　……俺は、今のこの、情けない境遇から脱したい、それだけじゃ！」

以蔵は叫ぶように言い放つと、龍馬たちの視線を振り切るようにして出て行った。

「以蔵は気の毒な奴だ……」

龍馬が哀しげに呟く。

「龍さんの気持ちは分かっちょるよ、以蔵は……」

長次郎もしみじみと言った。

佐那は門に向かった。開いたままになっている門を閉めようと思ったのだ。

だが、門に手を掛けてふっと表を見て、息を詰めた。

以蔵が二間ほど先の塀の際で泣いていたのだ。二の腕を目に当てて、以蔵はむせび泣いていた。

佐那は門の陰に身を隠した。そして思った。

――あのような人は他にもいるはずだ。殺し合いは身分の低い者がやらされる。いつの世も、身分の低い末端の者が犠牲者になるのだ――。

四

「あら、佐那様、あれは坂本様ではありませんか」

足を止めて常盤橋の上を指さしたのは、女中のかなだった。

かなはいつもは、母の瀧や、重太郎の妻の幸、そして幸の子供たちのしげやとらの世話をしている。

だから佐那と一緒に外出することはないのだが、今日はしげととらが風邪で臥《ふ》せっていて、診て貰った医者に、かなは薬を貰いに行ってきたのである。

また佐那の方は瀧の使いで、かねてより頼んでいた物を受け取りに行っての帰りだった。

通常武家娘が一人で外出することはない。大概女中や中間《ちゅうげん》などが供につく。だが佐那は平気で一人でどこにでも出かける。なにしろ大名家に薙刀指南に行っている剣客だ。

薙刀だけでなく剣術にも長《た》けているから、歩き方にも隙が無く、下手にちょっかいを出そうものなら、逆に腕をねじ上げる。

いつぞやも佐那に「酌をしてくれぬか」などと言い寄った若い侍集団がいたが、佐那は目にも止まらぬ速さで、その男の足を掛けて倒し、千葉の娘だと知った侍たちが逃げ出していくという珍事もあった。

不思議なのは、そんなに女丈夫《じょじょうぶ》の佐那が、龍馬の前では、しとやかな娘になることだった。

「千葉家の七不思議だ」

などと重太郎は、佐那のいないところで笑っているのだ。

佐那とかなは、そういう訳で、ついそこでばったり会って家路に急いでいたところであった。

「いったいどうしたんでございましょうね」

かなは笑う。

確かに橋を渡って来るのは龍馬で、それも土佐の長次郎と一緒だった。

常盤橋のすぐそこには、越前の福井藩邸がある。佐那も薙刀の指南で通っていて知らぬ藩邸ではない。

ひょっとして龍馬は福井藩邸を訪ねたのかと思ったが、それにしても二人は子供がおもちゃを買って貰った時のような喜びようだ。

大きな声で話しながら、跳ねるように歩いて来るのだ。余程良いことがあったのはいうまでもない。

「龍馬さま……」

橋のこちら側で待ち受けて声を掛けると、

「佐那さん、こんなところでばったり会うとは、奇遇奇遇、お使いかよ」

などと弾んだ声で言う。

——奇遇って、今朝会ったばかりではないか。

佐那が苦笑して見返すと、

「龍馬、それじゃあ約束の時間に……」

長次郎は手を上げると、佐那にぺこりと頭を下げて帰って行った。

「まさか福井藩邸にいらしたんですか？」

佐那が尋ねると、

「そうよ、福井藩の殿様に会ってきたんじゃ」

龍馬は鼻高々だ。

福井藩の殿様とは松平春嶽のことである。

田安《たやす》家に文政十一年に生誕し、十一歳で越前松平家の家督《かとく》を相続して藩主となったその人だ。

英明な人で機を見て敏なる人で、嘉永六年にペリーが来航した時には攘夷を主張していたが後に改革派となる。

一橋派、南紀派に分かれて将軍継承問題に揺れた時には、一橋の慶喜を押したが、それに敗れたことで井伊直弼から隠居させられ、腹心だった橋本左内は安政の大獄の標的にもされて処刑されている。

だが、桜田門外の変で井伊直弼が斃《たお》れると、幕府政策は変転し、今また春嶽は政界に返り咲いて『政事総裁職』となっている。

熊本藩出身の横井小楠《よこいしょうなん》を政治顧問に据え、藩政改革、幕府改革を行っている先覚者だといっていい。

龍馬より七歳年上のこの藩主は、こののち大政奉還まで龍馬に力を貸してくれることになる。龍馬にとっては大恩人の一人である。

この時はまだ龍馬も春嶽も、そこまでの結びつきになろうとは思ってもみなかったかもしれない。

ただ、三十二万石もの大藩の主が、脱藩した素浪人に会ってくれたのだから、龍馬が飛び上がりたくなる程嬉しかったのは言うまでもない。

「いったい何故そのように喜んでいらっしゃるのか、差し支えなければ佐那にもお話し下さいませ」

佐那は言った。

「しかし歩きながらというのもまずかろう。そうだ、この間以蔵が言っていた居酒屋にでも寄ってみるか。何、ついでだ。どんな女が以蔵に懸想《けそう》していたのか見てみたい」

浮かれた顔で言う。

「お嬢様、では私はお先に帰ります」

かなは気を利かせて帰って行った。

以蔵が泊まっていた居酒屋というのは檜物町《ひものちょう》にある『たぬき』という居酒屋だった。堀通りに面していて、佐那たちが帰る道の途中にあった。

龍馬はそこに着くまでが待ち遠しいらしく、佐那と並んで歩を進めながら、

「この間佐那さんにも会ってもらった間崎哲馬と長次郎とわしと三人雁首並べて、藩邸を訪ね、春嶽様に拝謁《はいえつ》を願《ねご》うたら、翌日早速お目通りがかなったという訳じゃ。わしは、これからは広く外国にまで目を向けなければ、日本は植民地になるろうと申し上げた。日本は右往左往しているが、あの黒船を見ても分かるように、黒船に負けない艦船を持たなければならんとな。周りを海に囲まれている日本という国は外国にも行ける船を持たなきゃならんと……そのためにわしらはもっと新しい知識を得なければならないのだと……すると春嶽さまは頷いてこう申された、明日また参られよと……。それで今日お訪ねしたところだ。するとなんと、勝海舟《かつかいしゅう》という方と横井小楠という方への紹介状をしたためて下さったという訳じゃ」

龍馬は懐から、二通の文をちらりと見せた。

佐那は驚いて聞き返した。

「勝海舟様って、あの……！」

「そうよ、幕府の軍艦《ぐんかん》奉行《ぶぎょう》様じゃ」

龍馬は、喉ちんこを見せて笑った。

「では龍馬さまはその勝様に何を？」

佐那は問う。

いったい国を変えるために何をしようとしているのか、龍馬のすることはいつも佐那の想像の域を超えているようで、それが驚きでもあり、じれったくもあった。

「わしか……うん、わしは船に乗りたいんじゃ。いずれは船に乗って大海を越え外国と取引をするがじゃ。取引は商人の問題だけじゃないきに。国が栄えるためには金がいるきに」

佐那は頷いたが、あまりに遠大な話にも思えて理解が及ばなかった。

「おや、この辺りの筈だが……」

龍馬は檜物町の堀端で立ち止まって辺りを見渡した。

以蔵から寝泊まりしている店は聞いていたのだが、それらしき店は見当たらない。

きょろきょろしていると、

「あそこじゃないかしら」

佐那が指さしたのは、細い路地を入ったところにある小さな店だった。

「よし、行ってみよう。佐那さんは先に帰ってもいいぞ。あんまり変なところに連れて行っては先生に叱られる」

「いいえ、私も参ります」

佐那はきっぱりと言って、龍馬と路地を歩き、店の前に立った。

確かに腰高障子には、たぬきと書いてある。

戸を開けて中に入ると、狭い土間に、職人の袢纏《はんてん》を着た老人が一人、手酌で酒を飲んでいた。

大根の漬け物が酒の当てに出されているが、それには手をつけず、かなりもう酔っ払っている様子だった。

老人は入って来た龍馬と佐那を見て、自嘲《じちょう》して独り言を言った。

「年寄りは歯がねえんだ。大根の漬け物をどうやって食えというんだ……」

あとはぐだぐだ言っていて聞き取りにくいが、どうやら家族への不満をぶちまけているようだった。

「ごめん」

龍馬が奥に声をかけると、

「はーい」

女の声がして、下駄を鳴らして出て来た。

三十前後の女だった。丸顔の、どちらかというと肌の色は白くはない。鼻も低く、昨日どこかの田舎から出て来たかのような女だった。

――以蔵の女にしては年増だな……。

龍馬はそう感じた。

とはいえ、奥に視線を投げても、他に小女《こおんな》がいる様子もない。

「そうだな、酒をもらおうか」

龍馬が告げると、女は「はい」と歯切れのよい返事をして奥にとってかえし、間を置かずに盃二つと箸と漬け物を持って来た。

「肴はめざしとか干物類です。煮物はカボチャとか里芋とかありますが……お酒は辛口で、皆さんに喜ばれています」

盆に載せてきたものを二人の前に並べながら、ちらと佐那を見る。

何故武家娘がこんなところにやって来たのだろうかという顔だ。

「つかぬことを尋ねるが、以蔵はここで世話になっていたんじゃないろうか？」

龍馬は引き返そうとした女に言った。

「まさか……」

女は目を丸くして、

「あの、坂本様でございますか」

ぱっと明るい表情をして聞き返して来た。

「そうだ、坂本だ」

「すると、こちらの方は、佐那お嬢様？」

女は先ほどとはうって変わって親しそうな顔を佐那に向けた。

「ええ、そうです」

佐那が頷くと、

「失礼しました。あたし、きちといいます」

女は名乗った。

「おきちさんか」

龍馬が言うと、女は頷き、

「お二人のことは以蔵さんから聞いていました、いい人だって、坂本さんは大好きだって」

「以蔵の奴、そんな事を？」

「ええ、坂本さんには逆らえないんだって言っていました。だって子供の頃から世話になってるんだって言っていました。仲間外れになった俺に坂本さんは分け隔てなく声をかけてくれたし、家にも呼んでくれた。坂本さんの家に行けば珍しいものが食べられたんだって笑ってました。以蔵さんはここでは二十日ほど暮らしていました。見た目はむさ苦しい感じだったけど、優しい人でした」

　きちは頬を染める。

「いやいや、以蔵もここにいる間は幸せだったんじゃないろうか」

「そうでしょうか、それなら嬉しいです」

　女は笑みを見せた。

「ねえちゃん、勘定はここに置いておくぞ」

　先ほどの爺さんが、もつれる足をだましだまし帰って行った。

　きちはふっと笑うと、

「あの爺さん、毎日来るんです。一人でひとしきり飲んで帰るんですが、あの人にとっちゃあここが一番安らぐようで、だってひとりぼっちなんですもの」

きちはよくしゃべる女のようだった。

「一人でこのお店を切り盛りしているんですか？」

佐那は感心して尋ねる。

「ええ、そうなの。父親がやっていた店なんです。おっかさんが亡くなってから父と二人でやっていたんですが、去年父は亡くなったんですよ。だからあたしもひとりぼっちだから、あの爺さんの気持ち、よく分かるんです」

「そうか、偉いな、おきちさんは。以蔵も喜んでいたに違いない」

龍馬は言った。

この女なら、以蔵の満たされない心を癒やしてくれていたのではないかと思ったのだ。

「あの人は……」

他に客がいなくなって気を許したのか、きちは二人の側に座って、

「あの人は、何かに追い立てられているようで、私、はらはらしていたんです。でもね、私にこう言ってくれたんです。今はがんじがらめになっている息苦しい糸を解かなきゃならないんだ。だがいつか、その糸も解けて世の中がかわったら、その時は、

いつか一緒になるかって……」

　きちは頬を染める。

「そうか、それは良かった。その時はわれら二人もお祝いをしないといかんな」

　龍馬はそう言いながら、果たして以蔵は命を全うできるだろうかとふと案じた。武市半平太と運命を共にしている以蔵は、この先どれほどの危険に晒《さら》されるかおよその想像がつく。

「また来る。酒はうまかった」

　まもなく龍馬と佐那は、きちの店を後にした。

龍馬の死

一

「兄上、お帰りはいつになるのでしょうか」

佐那は旅支度に余念のない重太郎の部屋を訪ねて訊いた。

鳥取藩の『周旋方』として大坂に赴くことになったのだが、龍馬も一緒に上方に出向く事になったのだ。

龍馬は先日、松平春嶽の紹介状を持ち、赤坂氷川坂下に住む勝海舟を訪ねている。

近藤長次郎と門田為之助も一緒だったと聞いているが、その場で龍馬は勝海舟に心《しん》酔《すい》して門人となったのだ。

だから龍馬は勝海舟に何か命じられて上方に行くようだが、兄と龍馬と二人揃って家を空ければ、家族や道場のことは佐那の肩にかかる。

父の定吉もいるけれど、もう六十六歳。しかも鳥取藩の指南役としての御用もあるから、やはり千葉家の留守を預かるのは佐那の役目となる。

近頃では妹里幾の縁談の話もあったりして、佐那の責任は重大だ。

せめて予定が分かっていればと思うのだが、重太郎は妻の幸に手伝ってもらい衣服を整えながら、

「帰りがいつになるかって……わからんな。佐那、それより龍さんの支度を手伝ってやるがいい」

重太郎は妹の心を思い遣《や》った。

佐那は兄の部屋を退出すると、すぐに自室に引き返し、あの自分が縫った紋服を風呂敷に包んで龍馬の部屋に向かった。

「龍馬さま」

入り口で声を掛けると、

「おう」

龍馬は弾んだ声で答え、いかにもこれからの旅の前途に思いを馳せているようで嬉々《きき》としている。

佐那は頬を膨らませた。こちらはしばらくの別れも口惜しいと思っているのに、この嬉しそうな様子はなんだと、うらめしく思ったのだ。

「何を膨れちょるが？」

龍馬は笑っている。

佐那は風呂敷包みを抱いて部屋に入ると、

「少しも寂しいなんて思われないのですね」

拗《す》ねた顔で言い、どしんと座った。

「馬鹿な事をいうもんじゃ。佐那さんの顔をみられんようになるのは寂しいに決まっちょるろう……だけども今、男一匹、やらねばならぬ事がある。佐那さん、わしは勝先生と一緒に大海に漕ぎ出すんじゃ」

「…………」

佐那はため息をついた。何時《いっ》になったら祝言が挙げられるのかと訊きたいところだが、今の龍馬はそれどころじゃないといった顔だ。

「分かっちょるきに、佐那さんの言いたいことは」

龍馬は支度の手を止めて佐那の真ん前に腰を下ろした。そしてまたにこっと笑う。この笑いは本当に憎めない。

苦笑している佐那の顔を、龍馬は笑顔で覗き込む。

佐那は風呂敷包みを龍馬の両手に載せた。

「紋服です。私が縫ったお着物です。勝先生とご一緒なら、紋服も必要なことがあるかもしれません」

龍馬は包みを下に置いて風呂敷を広げた。

「ほう……」

驚きの声を上げた。

そして両手でさっと持ち上げると、ふわりと肩に掛けた。

「どうじゃ、似合うかえ？」

くるりとまわって佐那に背中を見せ、またくるりとまわって佐那に向くと両手を広げた。

漆黒の着物に、桔梗の紋が鮮やかだった。

「とてもお似合いです。よかった、やっと肩に掛けていただけたんですもの」

佐那は立ち上がると、龍馬の前から、そして背後に回って眺めた。

すっと龍馬の手が佐那の腕を摑んだ。

「あっ」

龍馬は佐那を引き寄せると、

「ありがとう」

佐那を強く抱きしめた。

龍馬の顔が佐那の顔に覆い被さって来た。

「!……」

佐那は目をつむった。

龍馬の唇が佐那の唇に重なった。

だがその時、廊下に足音がして、二人はぱっと身体を離した。

「佐那お嬢様、大奥様がお呼びです」

やって来たのは下男の常次だった。

四半刻後、千葉家の者たちは皆玄関に出て、重太郎と龍馬を見送った。

「佐那様……」

旅だった後の龍馬の部屋の掃除に入ったなつが、佐那の部屋にやってきた。

なつは紋服を包んでいた風呂敷包みを抱えていた。

「坂本様は置いていかれたようですね」

佐那の前に風呂敷包みを置いて言った。

風呂敷包みには結び文が添えてあった。

「！……」

佐那はあわてて文を広げた。

――この着物は、記念の日に着す――

佐那は短い添え書きを手に落胆した。じっと風呂敷の結び目を見詰める。

「坂本様は祝言の折にと思っていらっしゃるのですね」

なつは慰めの言葉をかけて退出した。龍馬の気持ちがわからない訳ではないが、女の身になってみると今すぐにでも着てほしいと思うものだ。佐那の落胆の顔を見ていられなかったのだ。

佐那は一人になった部屋で、

――お着物を持って行って下されば……。

龍馬の側に一緒にいられるような気がしていたのにと、大きくため息をついた。

――もう、信じて待つしかない。

佐那は今日、思いがけず佐那の唇に重ねてきた龍馬の唇の柔らかい感触を忘れてはいない。

龍馬が大望を遂げるまで見守るしかないのだと、佐那は気持ちを切り替えて龍馬の着物を箪笥《たんす》に収めた。

だがこの時より、佐那が龍馬と二人だけの時間を過ごすことは一度もなかった。

年が明けても、龍馬も重太郎も帰って来なかった。

小正月も過ぎた十六日、順動丸《じゅんどうまる》という船が品川に到着した。

龍馬も重太郎もこの船に乗っていて、十七日には二人一緒に千葉家に戻ったが、龍馬は家にじっとしている男ではなかった。

順動丸には甥っ子の高松太郎《たかまつたろう》はじめ土佐藩庁が海軍修業のため送り出して来た若者たちが多勢乗っていた。

龍馬はその者たちの面倒もみてやらなければならないという。確かにそれなら千葉道場にじっとしていられないのは分かる。だがやはり佐那は寂しかった。

その佐那の様子を察した重太郎は、

「佐那、龍馬のような男と二世を誓ったなら、待つしかあるまい。わしが思うにあの男、本当に大きなことをやってのけそうだ。勝先生も大いに龍馬には期待している。今や龍馬を軸にした海軍操練所を開設するのだと意気込んでおられるのだ。それがために先生は、品川の港に入る前に下田に寄港し、天候の加減で停泊していた土佐の大《たい》鵬丸《ほうまる》に乗船している容堂公《ようどうこう》に面談を申し入れたんじゃ。幕府のため、日本のために、是非とも龍馬脱藩の罪を免除してほしいと頼み込んだのだ。龍馬にはそれだけ期待するものがある、勝先生はそう見ている。土佐のご隠居容堂公も、幕府軍艦奉行にそう言われては流石に否とはいえまい」

重太郎は、声を上げて笑った。

「では、脱藩は許される。浪人ではなくなるという事ですね」

そうなれば佐那だって嬉しい。

「近いうちに許される筈だ」

「よかった……」

佐那は胸をなで下ろした。

「そういう男なのだ、これまでの武士の枠にははまらない男なのだ、あの男は、愚痴を言っても龍馬はおそらく我が道を行く。常に側にいてほしい男が良いのなら、別の男を選ぶべきだ」

「分かっています」

佐那は、きっぱりと言った。

——自分は武士の娘だ……。

剣客でもあり、千葉道場の娘だという矜持《きょうじ》が、佐那の心にはいつもある。町の女たちのように、素直に感情を相手にぶつけられたらどれほど楽かと思うものの、それは佐那には出来なかった。

今佐那の思いを支えているのは、両親や家族の前で龍馬が二世を誓ってくれたこと、佐那を抱きしめ、呼吸にしてほんの一つか二つではあったが唇を合わせて愛情を確認したことだった。

兄もそうだが、龍馬の慌ただしく奔走する姿を見ていると、大きな地震の予兆のようなものを感ぜずにはいられなかった。

まもなく再び重太郎も龍馬と上方に向かうことになったのだが、意外だったのは以蔵が脱藩して龍馬を訪ねて来たことだ。

龍馬は思案の末、以蔵に勝海舟の警護を命じたのだった。

以蔵は出立《しゅったつ》前に、海舟からフランス製のリボルバーの短銃を護身用に貰ったのだと言い、無邪気に喜んでいた。

今や政局は京にあり。

もはや、将軍も大名も京で滞在することが多くなった。

龍馬が何をしているのか、兄重太郎もしかり、京にいるのか大坂にいるのか、千葉家の者には正確なところは分からなくなっていた。

そんなおり、秋風が立つようになったある日のこと、

「ごめん下さいまし」

以前龍馬が連れて来た、弥治郎なる男が千葉家を訪ねて来た。

「佐那様はいてはりますやろか。龍馬様から文を預かってまいりました」

弥治郎は玄関に出たなつにそう告げたのだ。

「佐那お嬢様！」

なつは佐那の部屋に飛んでいった。

「どうぞ、ご覧になって下さいまし」

弥治郎は通された玄関脇の部屋で、佐那に向き合うと文を手渡した。

「少しお待ちを……」

佐那は自分の部屋にとって返して文を開いた。

早いものであれから八ヶ月もの月日が過ぎてしまいました。

佐那さんはお変わりなくお過ごしでしょうか。私も相変わらず東奔西走しております。

勝先生のお供をして江戸を出たあと、上様の大坂湾岸の警備視察に同行いたしました。上様はその日、勝先生から海軍の必要性をお聞きになり、即決されて、神戸に海軍操練所を開設することになりました。今は開設を待ちながら先生は私塾を開かれ、私は塾頭となりました。佐那さんが知っている近藤長次郎など土佐の者、他藩の者も多数塾生となり、今四、五百人ほど集まっております。大きな蒸気船も作る予定です。土佐の兄上にも大いに賛成していただいて、私は今興奮しております。ただ、私のやろうとしている事は、このご時世です、誰に何処で命を狙われるかわかったものではありません。土佐の姉にも文にて伝えましたが、死を恐れていては大事は果たせません。その覚悟は土佐の家族にも佐那さんにもしておいて頂きたい。私にもし不幸があった時には、私のことは忘れて他の男と幸せになってほしい。いやいや、これは万が一の話です。私は死にはしません。いつか一緒に蒸気船に乗りましょう。

佐那さんの事は、実は少し前に乙女《おとめ》姉さんに紹介の文を送っております。

龍馬

読み終えた佐那は、文を広げたまま、しばらく黙然として座った。

龍馬が溌剌《はつらつ》として暮らしていることは嬉しかったが、それが死をも招くかもしれないというくだりは、佐那を不安にさせた。

ただ、佐那の事を土佐の姉に伝えてくれた事は、佐那の心を救ってくれた。

この時龍馬が少し前に姉に送ったという文には、おおよそ次のように書かれていたのだ。

（略）

この人はおさなと言います。以前の名前は乙女と言いました。今年二十六歳となります。乗馬が上手く、剣術はよほどの腕前で、長刀もできます。その力は普通の男子よりもずっと強く、まずたとえるなら昔うちに居た「ぎん」という名の女性と同じくらいの力があります。その容貌は平井加尾《ひらいかお》より少し上です。十三弦の琴を弾きます。十四歳の時に北辰一刀流の免許皆伝を受けたということです。そして絵も描きます。その心映えは大丈夫であり、並の男子などおよびません。そしてとても静かで口数は控えめです。（以下略）

許嫁となった事は、父の定吉も文にて土佐に送っている。

あれやこれやと考えすぎるのは止《よ》そう。信じて帰りを待とう。

佐那は、文を畳んで文箱に収めると、弥治郎が待っている部屋に向かった。

「実は私は、近頃では京に集まるお侍たちや商人の文を預かって、この江戸に運んでおりやす。文だけではございません。国々の動きや噂も拾って集めておりまして、へい、坂本様の勧めです」

弥治郎は出されたお茶をぐいと飲み干して笑った。

「龍馬様はお元気のご様子、安心いたしました」

佐那は言った。

「元気も元気、佐那様、操練所開設は坂本様がいてへんかったら、難しかったんですから」

弥治郎は言った。

操練所開設の資金として勝海舟はお上から三千両の拠出を賜った。しかしそれだけではとても足りない。

そこで海舟は龍馬をあの福井の春嶽のところにやったのだ。

この頃春嶽は政事総裁職を退き、福井に逼塞《ひっそく》していたのだ。

龍馬は福井まで出向き、春嶽に拝謁《はいえつ》し、操練所開設のために費用負担を訴えて、千両もの援助金を得ているのだ。

「坂本様は不思議な方ですわ、ほんま。どこにでも飛び込んで行って協力者を得てくるんですから、凡人には真似できまへん」

我がことのように自慢げな弥治郎だ。

「弥治郎さん、では近々龍馬様とお会いになるのでしょうか」

佐那は訊いた。もしそうなら文を渡したいと思ったのだ。

「それが何時会えるのか分からしまへんねん。坂本様は、神戸かと思たら京にいてはる、京かと思たら大坂にいてる。神出鬼没ですさかい」

「そう……」

がっかりした佐那の顔を見た弥治郎は、

「佐那様、江戸に出て来た時には、また寄らせて貰います。その時には坂本さまの話をお伝えいたします」

そう言って立ち上がった。

佐那はなつと一緒に玄関まで見送った。

ぺこりと頭を下げて外に出ようと背中を見せた弥治郎は、ふと思いついた顔で振り返った。

「それでは……」

「そうそう、佐那様は八月十八日に京で政変があったのをご存じですか？」

「ええ、噂で少しは……」

「会津と薩摩が組んで長州をやっつけたんでございますよ。尊皇攘夷派は京から追われることになりました。長州藩と心を通じていた三条様たちお公家衆七人も京を追われました。都落ちしたんです。京は佐幕派のものとなりましたよ。すると、この機会を狙っていたように容堂公は土佐勤王党の弾圧を始めたんでございますよ」

「では、勤王党の方たちは……」

佐那の問いに、

「へい、武市半平太という人をはじめ勤王党の人たちは次々に捕まりました。京は騒然としています。私は坂本さんに累《るい》が及ばないか案じているんですが……」

「弥治郎さん、以蔵という人の名を聞いたことがありますか、岡田以蔵……」

「ああ」

弥治郎は頷くと、

「あの人は勝先生の護衛をしていたようですが、勤王党の人たちにも見捨てられて、京の商家に押し借りをして捕まり、土佐に引き渡されたと聞きましたよ」

弥治郎はそう告げると帰って行った。

二

ますます世の中が混沌とし始めたのは、瓦版を見るだけでも分かる。

翌年元治元年六月に起こった、京都守護職配下の新撰組《しんせんぐみ》が池田屋《いけだや》を襲撃し尊攘派七名を惨殺、二十名を捕縛《ほばく》した池田屋事件。

翌七月には、長州軍二千人余が御所突入を図り、会津、薩摩、桑名《くわな》の藩兵たちが撃退、町は火に包まれた禁門の変。

幕府は長州征伐へと舵《かじ》を切る。

そして龍馬たちも無傷ではいられなかったようで、海軍操練所に属していた者が、先の二つの変に関わっていたことが幕府に知れ、操練所は閉鎖、勝海舟はお役御免で江戸に戻ったというのであった。

重太郎の動きもますます慌ただしくなり、江戸と京と、そして鳥取にまで赴く御用で、道場も門弟もそれぞれの藩命や、また個人で世の動乱に身を投じる者たちが増え、道場には稽古の声が聞こえなくなっていた。

「龍馬は薩摩藩に匿《かくま》われていると聞いているが、どこでどうしているのか……」

重太郎は案じ顔で佐那に言った。

最も重太郎が嘆いたのは、同じこの道場で稽古をしていた者たちが、敵対し、剣をもって斬り合いをするようになった事だ。

「わしがいない時には戸締まりを抜かるな」

重太郎は家を出る時には、家族にそう言って出かけるようになっていた。

第一次長州征伐、第二次長州征伐と瓦版に載る事件の記事からは、戦闘の悲惨さは伝わって来ても、国がどちらにどう傾いて行くのか誰も分からない。

人々はただ口を閉ざして息をひそめ、様子を窺《うかが》うしか術《すべ》がない。

世情の乱れ、江戸では打ちこわしや一揆がたびたび起こり、米屋などは襲われて蔵の米全てを奪われたなどという話も珍しくなくなった。

「お米の常備は大丈夫ですか」

佐那も台所に入って、食事の支度をしてくれている、なつとかなに訊く。

「うちは大丈夫です。打ち壊しが続いているので、一年分、運んで来るように頼んできました」

なつが報告する。なつは目端が利いて如才ないのだ。

すると、茶碗や皿を片付けていたかなが、

「嫌な世の中になりましたね、佐那お嬢さま。町の人たちはみんな不安がっています」

ため息をついた。

するとまたなつが言った。

「実は私、おつかいの帰りに、以前お嬢様がおっしゃっていた以蔵さんの女の人、おきちさんて人、どんな人なのかお店を覗いてみたんです。そしたら、たぬきというお店の名前はそのままだったんですが、別の人がやっていました」

「そう、どうしたのかしら」

佐那が聞き返す。以蔵のことが、ちらと頭を過《よ》ぎったのだ。

「おきちさんはお店を売って京に行ったというんですよ。きっと以蔵さんに会いに行ったんでしょうね」

なつは言った。

以蔵は捕まって土佐に引き渡されたと聞いている。もう生きてはいないのではないかと佐那は思っているのだ。

「でもよく行くわね、見知らぬ土地に……私だったら無理です」

かなの言葉に、

「以蔵さんを死ぬ程好きになったんじゃないのかしら」

なつは知ったような口をきいた。

——何かひとつひとつ消えていく、人も心も……。

昨日のことも今日のことも、明日のことはなおさら、ふわふわと浮いていて、足をつける地がどこにもない頼りなさを佐那は感じている。

佐那の心を今明るくしているのは、妹の里幾が千葉道場の高弟《こうてい》清水小十郎と慕いあっていることが分かり許嫁となった事だった。

まもなくの事だった。

兄の重太郎が鳥取藩庁から長州征伐に行くよう命じられ、部下を伴って京に出立した後、所用で町に出た佐那は、

「佐那様じゃございませんか」

声を掛けられ振り向くと、弥治郎が近づいて来た。

「お久しぶりでございます。皆様お変わりなく……」

弥治郎は以前に比べて、引き締まった顔をしていて血色も良い。着ている物も垢抜《あかぬ》けていて紬《つむぎ》の小袖に同布の羽織姿だ。

重太郎の話では、弥治郎は京の情報をいち早く大店《おおだな》に知らせたりして破格の手間賃を手に入れているのだという。

今の世情は弥治郎にとっては独壇場、才覚《さいかく》を使って荒稼ぎをしているのかもしれない。

「弥治郎さん、龍馬さまは今どちらにいらっしゃるのでしょうか」

佐那は道の端に移動すると弥治郎に尋ねた。

「今は九州だと思います」

弥治郎は言った。

「九州に？」

「はい、坂本さまは以前から薩摩と長州がいがみあっていてはあかん、そう言うてはりました。そやから色々と腐心しておりまして、やっとそれが実ったいうことですやろか。この一月二十一日に薩長は手を結んだんです」

「龍馬さまが……」

「はい、ところが二十三日に伏見奉行所の者に襲われまして、あやうく命を取られるところやったんでございますよ」

「助かったのですね」

佐那は畳みかける。

「はい、宿にしていた寺田屋のお龍《りょう》はんて人が機転をきかさはって」

「お龍さん？」

初めて耳にする名前だった。

「いやその、宿の皆がですね……」

弥治郎の顔が説明に窮している。

「お龍さんというのは女将《おかみ》さんのことですか？」

佐那は更に訊いてみる。

「女将さんはお登勢《とせ》さんという方ですわ。この人は気丈な方で、はい……それに宿には三吉慎蔵《みよししんぞう》さんいわはる用心棒の方もずっと坂本様を守っておりやしたから。坂本様も桂小五郎さんから頂いたピストルで応戦して逃れたて聞いてます」

弥治郎は汗をかく思いで説明する。

うっかりお龍の名を出したのが不覚だった。

お龍という女は、京の青蓮院《しょうれんいん》という由緒ある寺の侍医《じい》をしていた楢崎将作《ならざきしょうさく》の娘である。

安政の大獄で父は捕らえられていたが、赦免ののち病死。暮らしに困窮したことで、お龍は七条新地で仲居をし、母の佐田《さた》は天誅組《てんちゅうぐみ》の残党の隠れ屋で世話をやいて暮らしていた。

その隠れ屋が池田屋事件の折に、こちらも会津藩の者たちに襲われて家財を破壊され、暮らしの術を失った。

天誅組には土佐藩の者もいたようで、龍馬はお龍母子と関わることになり、放っておけなくなった龍馬は、お龍を寺田屋のお登勢に頼んだのだった。

お龍は大坂人の弥治郎から見ると、少し蓮っ葉な感じのする女だった。しかも鼻っ柱の強いところもあった。

世話になっている龍馬にだけは、じゃれ猫のようにくっついているのだが、たとえば龍馬を訪ねてやって来た者たちには、何だお前さんたちは……などと言う。

龍馬は気づいていないが、その格差を知っている者は、お龍に対してあまりいい印象は持っていなかった。

ところが龍馬は、このお龍と深い仲になってしまう。しかもお龍の母親や縁者の者からせかされて、内祝言まであげてしまったのだ。

内祝言とはいえ、これで龍馬は、すっかりお龍にからめとられてしまったのだ。

弥治郎が心配して、

「坂本様、江戸で佐那様がお待ちじゃないんですか」

やんわりと訊くと、

「弥治郎、今度江戸に行った時には、すまんが佐那さんに、龍馬は死んだも同然、良い男と一緒になってくれと伝えてくれんか」

などと無茶を言う。

「あたしはそんな話は御免被りますよ、坂本様。そんな大事なことは自分の口からおっしゃって下さいまし。それに、町人の私が申し上げるのもなんですが、あなた様はお武家ですよ。佐那様は正妻、お龍さんは妾の一人でよろしいやありませんか。そう割り切ればよろしい、私はそう思いますけど……」

弥治郎がそう返すと、龍馬は黙ってしまったのだ。

龍馬の気持ちの中にも、約束した佐那にすまないという気持ちがあるのは間違いなかった。

ただ、女もそうだろうが、男は閨《ねや》の上手な女に弱い。政事のことでは大きな事を言っている龍馬も、お龍の手練手管にすっかりのめり込んでいるようだった。

龍馬の寝床に自ら身を投じて行ったのはお龍に決まっている。

お龍は、龍馬にくっついてさえいれば、家族全員、母と妹二人と弟一人の糊口《ここう》はしのげる、そう思ったに違いないのだ。

一方龍馬がお龍を妻にと決心したのは、寺田屋で龍馬が襲われ、お龍の才気で命が助かったことが大きいと弥治郎は見ている。

弥治郎は、こんな言い訳も龍馬から聞いている。

「考えてみたら、佐那さんを、お龍みたいに気軽にあちこち連れ回すことはできんろう」

どう言われても、弥治郎は龍馬の妻は、佐那以外にないと思っている。

土佐の龍馬の家族だって、お龍を見れば坂本家にふさわしい女だとは思わない筈だ。

弥治郎が千葉家に立ち寄らなかったのは、佐那に会うのが辛かったからだ。

「佐那様、どないされました？」

弥治郎が咄嗟に佐那の身体を支えた。

突然佐那が、気を失いそうになったからだ。

「すみません、もう大丈夫です」

佐那は言ったが、白い顔が血の気を失い哀しげだ。

弥治郎はひやひやしている。

お龍のことを感づかれたのかもしれないと思っている。

「お気を確かに、坂本様は命を失った訳ではございませんから」

弥治郎は慰める。

どう考えても、本当のことは言えなかった。

「お気遣いすみません。お元気ならそれで……」

佐那は頭を下げて帰って行った。

――坂本様も罪な人や、阿呆《あほ》な人や、佐那様ほどの女子《おなご》がどこにいるいうのや……。

弥治郎は佐那の背を見送りながら思った。

世の混迷は日を追うごとにますます大きくなって行く。

この年十二月には、十五代将軍に慶喜が就任したかと思ったら、孝明天皇が痘瘡《とうそう》で死去。

物価の変動も激しく、金銀銭の価値も一定ではなく、人々は何を信じていけばよいのかこの世に失望するばかり。

京では翌慶応三年に入ると『ええじゃないか』の大乱舞が始まり、この事は瓦版でも報じられた。

江戸では相変わらず打ち壊しが頻々《ひんぴん》としているところに、薩摩藩が藩士や浪人を集めて『屯集隊《とんしゅうたい》』を組織し、商家を襲って『御用盗み』を始めたのだ。

千両二千両の御用盗みはざらで、蔵にまで押し入って金を取っていく。

後にこれは薩摩が幕府襲撃と世情を乱す目的でやっていた事が分かるのだが、およそ二十万両もの金を町人から奪い取ったことが分かっている。

江戸の市民を恐怖に陥れ、幕府の力がもはやなくなった事をしらしめる目的もあったろうと思われる。

それに反発して幕府は、新徴組といった庄内《しょうない》藩指導の下《もと》結成した佐幕派の脱藩浪人たちに江戸市内を見回りさせ、ついには三田の薩摩藩邸を攻撃、焼き討ちにした。

そんな折、重太郎が興奮して帰って来て言った。

「みんな、聞いてくれ。慶喜公が大政を奉還したぞ。徳川幕府は終焉《しゅうえん》したのだ」

重太郎は両膝をついて泣いた。

世の中は変わらねばならぬところに来ているのは重太郎にも分かっているが、それにしても二百六十五年続いた幕府だ。

その体制の中で道場を開いて真の侍を作り上げることに貢献してきたという自負も

ある。

重太郎の涙は、ひとつの時代が終わったことへの深い鎮魂だったのかもしれない。

重太郎が泣けば、家族ももらい泣きするのであった。

ただ佐那は、

——これで、龍馬様は帰ってきてくれる……。

そう思いたかった。

佐那は自室に入ると、龍馬の着物を出して衣桁《いこう》に掛けた。

正座して桔梗紋を見詰める。

着物を出しておけば、きっと帰って来る……そう念じるのは、佐那が不安な証拠だった。

弥治郎に京の寺田屋にいる女、お龍という名を聞いた時から、ずっと胸騒ぎがしているのだ。

万が一帰って来なかったその時には、

——私は許さない！

私は龍馬様をどこまでも探し出して……佐那は右手で胸の懐剣を握るのだった。

家族にも誰にも言えぬが、佐那は激しい嫉妬に苦しめられていたのである。

なつが襖《ふすま》のむこうから佐那の様子を見て案じているのに、佐那はそれに気づかぬほど、龍馬の着物を睨んでいるのだった。

ところが、それから一月《ひとつき》もたたぬ十二月に入ってからのことだった。

『坂本龍馬暗殺される』

仰天する一報が千葉家に届いたのだ。

その日父の定吉に呼ばれて居間に行くと、怖い顔をして腕を組んだ定吉と、兄の重太郎も暗い顔でそこに居て、

「佐那、そこに座りなさい。お前に伝えたいことがある」

険しい顔で重太郎が言ったのだ。

佐那は言われるままにそこに坐したが、父と兄の顔色を見て、心の臓の音が消えたような錯覚を覚えた。

逃げ出したかったが、息を詰めて父と兄を見た。

「先月十一月十五日の事だそうだが……」

重太郎が口火を切った。

「龍さんは京の近江屋《おうみや》にいるところを、七人ほどの刺客に襲われたようだ」

「嘘……嘘でしょ、兄上。嘘だとおっしゃって下さい。でたらめは止《や》めて下さい！」

佐那は思わず叫んだ。

「佐那、落ち着け！」

定吉が一喝した。

「父上……」

定吉に向けた佐那の目は救いを求めている。

「佐那……」

定吉は、愛おしい娘の目をじっと見詰めて言った。

「わしも嘘であってほしい。だがこれは本当のことだ。嘘でもでたらめでもないんだ。龍馬は土佐の中岡慎太郎《なかおかしんたろう》という男と一緒に襲われたようだ」

「…………」

佐那は俯《うつむ》いた。だがやがて顔を上げると、

「いったい、いったい誰に襲われたとおっしゃるのでしょう。私は信じません」

声を殺して定吉をきっと見た。

「まだ定かな事は分からんが、噂では新撰組の者じゃないかと言っておるそうだ。京では龍馬に近い者たちが新撰組の者を襲ったということも聞こえてきている」

「新撰組……この千葉道場から新撰組に入った門弟もおりました。同門の者が殺し合いをするなんて……」

佐那は、わなわなと震えている。

「佐那、お前の無念は痛いほどよく分かる。だがな、龍馬は誰も出来ぬほどの大仕事をしてきた男だ。龍馬がいなかったら、徳川が大政を奉還して王政復古への道が開いていたかどうか。確かに徳川幕府は疲弊し、新しい世を唱える者はいた。学者から始まって諸藩の殿様、側近の者、唱えるものは一人や二人ではないことはお前なら知っているだろう。しかしその誰もが、どうすればその道筋をつけられるのか分かっていなかった。探ることすら困難に思っていた。だから動くこともしなかった。あっちで呟《つぶや》き、こっちで呟きしていただけだった。何故か……それだけの才覚がなかったのよ。加えて、命が惜しかったからだ。命を懸けてまでやろうとしなかったのだ。呟くだけでものが成せるのなら世話はない。それを実現したのが龍馬だ。龍馬がいなかったら、まだ徳川の世である筈だ。確かにいつかは徳川幕府は斃《たお》れる運命だろうが今ではなかった筈だ。もっと先だった筈だ。しかしもっと先ならば、この国は外国勢に侵蝕されるだろうことは想像出来る。龍馬がいたからこのように早く実現できたのだ。わしはのう、水戸藩にも鳥取藩にもお仕えしてきた。また重太郎も鳥取藩にお仕えしている。主家がどうなるのか、それを考えれば複雑な思いもあるが、このままでいい筈がないことは分かる。龍馬は、そういった者たちの期待を受け止め、しかも血で血を洗うような殺し合いをせずに世の中を変えたいと思っていた筈だ。まあ、それがために、命を狙われたに違いない。佐幕派の中にも勤王派の中にも、龍馬がいては邪魔だと思う者がいたのだ。龍馬に手がらをかっさらわれるのじゃないかと心配した者がいた筈だ。馬鹿な奴よ、龍馬ほど権力とは遠いところにいたいと考える人間はいなかったのに、それが分かっていなかった連中がいたのだな。惜しい男を殺したものだ。佐那、龍馬は男一人が一生を懸けても出来ぬ大きな働きをした男だぞ。婿には過ぎた男だった。お前は、幸せだと思わねばのう」

定吉は、噛んで含めるように言い、じっくりと説いた。

そう説く定吉だって娘と娶《めあわ》せて、どんな孫が生まれるのか楽しみにしていたのだ。千葉道場の一翼を担ってくれる筈の龍馬の死の知らせは、千葉家にとっては、これ以上の痛手はない。

――だがそれを嘆いては佐那が辛かろう。

定吉は心を鬼にして佐那の心を静めようとしているのだった。

「うっ」

佐那は顔を覆って居間を飛び出した。

自室に走り込むと、衣桁に掛けてあった着物を剝《は》ぎ取るようにして下ろした。

「龍馬様！」

佐那は龍馬の着物に抱きついて号泣した。

「馬鹿馬鹿馬鹿馬鹿、龍馬様の馬鹿……」

佐那は龍馬の着物を羽織った。

袖に手を通し、腕を広げて、中庭から差す光に桔梗の紋を見る。

——ああ、龍馬様がここにいる。

佐那は袖を通した腕で桔梗の紋と一緒に自分の胸を抱く。

しんしんと龍馬に抱かれた感触が蘇《よみがえ》って来る。

——私も一緒に参ります。

佐那は龍馬の着物に袖を通したまま京に向かって座った。

そして懐剣の紐を、勢いよく引き解《ほど》いた。

ぐいと摑んだ懐剣を引き抜くと、持ち替えて刃《やいば》を上にした。

残照にきらりと光った刃に促されるように、佐那は目をつぶって懐剣の刃を喉に向けた。

「何をする！」

定吉が飛び込んで来た。喉を突こうとした佐那の手をぐいと摑んだ。

「お離し下さいませ。後生ですから死なせて下さいませ」

佐那は泣き崩れる。

「佐那……」

「お姉様……」

母も妹たちも走って来て佐那を取り巻く。そして皆もらい泣きする。

お役目柄、京と江戸を往復していた重太郎は、龍馬が妾を伴って九州に行ったことは知っていた。

お龍というその女が、龍馬が隊長を務める海援隊《かいえんたい》の面々に、私が龍馬の妻だと胸を張っていた事も知っている。

お龍にしてみれば当然のことかもしれないが、重太郎はそういった噂を聞くのは辛かった。

だが、それもこれも大事の前の小事、男なら妾の一人や二人は当たり前だと思い、佐那との約束が完全に破綻している訳ではないと自分に言い聞かせ、いずれ妹を妻にしてくれる筈だと信じてきたのである。

むろんお龍の存在は、佐那には口をつぐんで隠してきただけに、龍馬一筋に暮らして来た妹が哀れだった。

「佐那、良いかよく聞け、夫に殉死するだけが貞婦というのではないぞ。むしろしっかりと生きて、菩提《ぼだい》を弔うことこそ貞婦じゃ。龍馬の無念も、そなたが弔うことで癒えるというもの……」

定吉の言葉を聞きながら、佐那は両手をついたまま動かなかった。

懐剣は父親に取り上げられて、なつがしばらく側につきそう事になった。

佐那は、なつの見守る中、龍馬の着物の右袖を身ごろから丁寧に取り外した。

そしてそれを桔梗の紋が上に来るように三つに折り、仏壇にしつらえた文机の上に美濃紙を敷き、その上に寝かせるようにそっと置いた。

短冊に『坂本龍馬』と記し、取り外した袖の上に置く。

「すぐにお線香をお持ちします」

なつが機転を利かせて、盆に線香と線香立て、盃に水を入れて運んで来ると佐那に手渡した。

「ありがとう」

佐那はそう言うと、龍馬の袖に手を合わせた。

四十九日の喪が明けるまで、佐那は部屋で祈り続けた。

三

千葉家に久しぶりに笑いが起こっている。

龍馬が惨殺された翌年正月、鳥羽伏見で薩長軍と幕府軍の火ぶたが切られた。

一月三日には薩長軍が勝利し、有栖川宮熾仁親王《ありすがわのみやたるひと》が東征大総督に就き、大進軍が始まったのだ。

千葉重太郎も、二月に鳥取藩配下として東征軍に加わることになった『山国隊《やまぐにたい》』の世話役を仰せつけられたのだった。

山国隊は京の丹波国からやってきた山間の民で、鉄砲の撃ち方は知っているが剣を振り回すことは全くと言って出来ない連中だ。

しかもこの時節、いずれの藩も経済的に苦しかった。

重太郎はその金策のことからはじまって隊員の身辺のあれこれまで山国隊のために日夜奔走する事になる。

四月十一日には江戸城が無血開城されたものの、幕府の残党との戦いが五月に上野で繰り広げられ、山国隊はこの上野の戦いで思いがけない活躍をし、重太郎を驚かせた。

山国隊の藤野斎《ふじのいつき》は、剣を握ったこともない隊員を案じて、重太郎に剣術を伝授してほしいと頼んできた。

重太郎は快く引き受けた。千葉道場はもうこの頃には閑散としていた。道場主も養子の東一郎《とういちろう》になっていたが、昔の賑わいや活気は幻かのごとく失せていた。

千葉家の者たちは火の消えたような寂しい暮らしをしていたのだが、重太郎はこの日、七月十一日に藤野をはじめ原六郎《はらろくろう》、柴捨蔵《しばすてぞう》（のちの北垣国道《きたがきくにみち》）など山国隊の者たちを道場に招いて酒宴を張ったのだ。

重太郎に宴席に出るよう勧められた佐那は、妹の里幾と幾久と一緒に宴席に出たが、酔っ払った男たちが、

宮さん宮さん、御馬の前でひらひらするのはなんじゃいな
あれは朝敵征伐せよとの錦の御旗じゃ知らないか

次々と立ち上がって歌い踊るのを、笑みをたたえて見ていたが、内心は複雑だった。

龍馬が亡くなった心の傷はまだ癒えている筈もない。

兄は少しでも気分転換になるのではと宴会に誘ってくれたのだろうが、もう何が起きても何を見ても、心の中は深い霧に包まれたままだった。

何か自分だけ取り残されていくような、世の中の色が消え、すべて墨色に佐那の目には映っている。

昨日の続きが今日ではなく、今日の続きも明日ではない。何が真実なのか、何が最良なのか、行く道は正しいのか、情勢がころころと変わっていく中で、興奮も期待も落胆も幻滅も感じないようになっている。

戦《たたか》いは津波のように西から東に押し寄せて日本列島を嘗《な》め尽くし、この年九月には明治と改元し、新しい政府が名乗りを上げたのだった。

千葉道場で稽古をしていた山国隊も十一月になって有栖川宮が上洛するのに際し、江戸を去って行った。

この戊辰《ぼしん》戦争が終結したのは、箱館を制した翌年五月十八日だった。

どれほど多くの人たちが命を落としてしまったことか。

——龍馬様、これでよかったのでしょうか。違いますよね。

龍馬が生きていたら戊辰戦争はなかったのではないかと、佐那は思っている。

江戸は東京となり、天皇が東京に到着し遷都が実現すると、電信郵便の制度も出来、地租改正、廃藩置県、戸籍の届け出と、次から次へとめまぐるしく変転する新政府の政策に、皆戸惑い右往左往の毎日となった。

そんな中、江戸の人口は激減していった。

なにしろ江戸時代の人口百万人超のうち、約半分が武家人口だったからだ。

三万人の旗本御家人、参勤交代でやって来ていた武士の集団、江戸詰だった諸藩の武士、またそれらの家族が武家人口だった。

明治となって旗本御家人の半数約一万三千七百余人とその家族と家来は、徳川家に付いて静岡に移住した。

農業者商業者になった者は約四千五百人、朝臣として江戸に残った旧幕臣は五千百八十二人。

江戸時代の人口の約四割近い人数が江戸からいなくなったのである。

中には国に帰りたくても金が無くて帰れない武士たちがいて、食うにも困窮していくのだった。

いや、武士だけでなく武家使用人も、主のいなくなった江戸の町で路頭に迷うことになり、江戸は明日を生きる食料も無い下層町人、乞食が爆発的に増えていく。

また、江戸に残っていた武士も働く場所は無く、多くの武士が日稼ぎ人足、人力車夫などの職に就くしかなかった。

貧民窟が出来『残飯屋』という業者が出て来た。漬け物の切れ端やパンの耳、釜のそこにこびりついた米を洗い落とした物などが商品として売られるようになっていった。

物乞いをする者が一万人に達しているのではないかと、新政府も頭を抱える始末。

その一方で生き残った勝ち組の藩の侍たちや公家たちは、江戸市中の主要屋敷を自分の屋敷とし、栄耀栄華を甘受するようになっていく。

またそのような勝ち組の男たちと深い関わりを持った、昨日までは無名の酌婦だった女たちも、今日からはお屋敷の奥様になれるといった玉の輿ならぬ勝ち組の人生を得るのだった。

それとは逆に、徳川幕府の折には結構な家柄だった武家でも、たとえば跡取り息子が戊辰戦争で亡くなったりしていると、家はみるかげもなく落ちぶれて、明日は竈《かまど》の煙が立つのかさえ分からない程の悲惨な暮らしとなった者も多勢いた。

千葉家は重太郎はじめ、養子の東一郎も娘婿の束《つかね》も職に就くには就けたが、新政府の役人としては恵まれたものではなかった。

——新しい世とはこういう事だったのか……。

これでは権力が一握りの者たちに移行されただけではないのか。貪婪《どんらん》に政治力を我が物にしているだけではないのか。

明るい光の一筋も見えなくなった、先の読めない世になったと、多くの人が感じていた。

維新に向けて命を張って戦って、死んでいった者たちが浮かばれないのではないかと、遺族などは憤る。

新政府は、今の世の礎《いしずえ》になった者たちを忘れているのではないか。

協力した町人や百姓の存在も記憶から消してしまったのではないか。

戊辰戦争の前後には、商人や百姓たちは、なんども侍の押し借りに協力している。抜き身を翳《かざ》して脅されて、軍資金を差し出して来たのだ。

――龍馬様、ご覧になっていますでしょうか。

龍馬さまが望んでいた世は、このようなものだったのでしょうか。違いますよね、と佐那は龍馬の袖に問いかける。

明治四年、身分の違いこそあれ心の友であった、正姫こと眞鏡院が病で亡くなった。

佐那はその知らせを聞いて泣いた。

大藩の姫だったにもかかわらず夫を亡くし、自らも若い命を落とした眞鏡院がおいたわしい。

ただ、半年とはいえ、優しい夫と暮らしたことは、正姫にとって唯一の幸せだったといえるのかもしれない。

――めまぐるしい……。

と佐那は思った。

まもなくの事だった。

重太郎が北海道開拓使のお役目についたのを潮に、佐那は自分の住処《すみか》をいずこかに移し、自分の才覚で生きていかなければならないと考えるようになった。

桶町は重太郎の娘とその婿東一郎が相続し、父の定吉も重太郎夫婦も深川富川町の屋敷で暮らすことに決まった。

妹の三女里幾は桶町の道場で高弟だった徳島藩の清水小十郎と結婚したし、四女の幾久も関宿《せきやど》藩士と結婚が決まっていた。

末の妹はまだ嫁入り先は決まっていなかったが、熊木庄之助とかいう商人から結婚申し入れの話が来ていた。

家族はこれからそれぞれ違った所で暮らすことになる。

家族だけでなく、下男の常次も女中のかなも辞めて行ったし、なつも、

「佐那様、川崎の六郷村《ろくごうむら》の百姓で徳兵衛《とくべえ》という人に嫁ぐことになりました」

名残《なごり》惜しそうに言った。

なつの父親は七十を超えている。その父親を安心させてやるためだというのだが、佐那より年嵩《としかさ》のなつの相手は、先妻を亡くした人だという。

千葉家が以前のように多くの門弟を抱えた大所帯であれば、入って来る金子《きんす》も多く下男や女中を置いておく事もできるのだが、閑古鳥が鳴いている道場ではそれも難しい。

なつはずっと千葉家で働きたいと言っていただけに、佐那は申し訳なく思った。

なつが千葉家を去ると決まった日、佐那は絹の着物二着をあげた。

龍馬と一緒になった時に着たいと作っていた一枚と、無紋の小豆色の江戸小紋一枚だった。

「ありがとうございます。大切にいたします。お嬢様や皆様のことは忘れません。機会がございましたら是非いらして下さいませ」

なつは、名残惜しそうに言い涙を流した。

佐那も名残惜しかった。十六の時からずっと佐那の全てによりそってくれたなつだ。

佐那は門のところまで見送りに出た。

なつは何度も何度も振り返り振り返り去って行った。

佐那はまた大きくため息をつく。

世の中が日々変わっていくのと同時に、千葉家も変わっていく。

まもなく佐那は、定吉の籍より分家して、横浜に移ることに決めた。

横浜には離縁した姉の梅尾が、お花の先生をして暮らしていたからだ。

その姉から、長屋の家賃収入で暮らしてはどうかと打診があったのだ。横浜にはこの頃新しい家がどんどん建っていた。

佐那は姉の助言を受け入れることにしたのである。

佐那は庭に出た。

毎年花を咲かせてくれた黄色の菊と白菊の芽が、無数に出ていたのだ。

龍馬が佐那の髪に挿した菊の花は、あれからも毎年美しい花を咲かせてくれている。

佐那はそこにしゃがむと、元気に伸びている菊の芽にそっと手をさしのべた。

慟　哭

一

明治五年の十月、佐那は新橋にいた。

先月開通したばかりの列車に乗って横浜に向かうつもりだ。列車は蒸気で走る火車である。

新橋から品川までは八分。新橋から目的地の横浜までは五十三分あれば着く。

駅舎も洋館なら列車も輸入しており、異国の情緒をこの場所に立つだけで味わえる。

列車は一日に九往復していて、乗車賃は横浜まで上等一円十二銭五厘、中等七十五銭、下等三十七銭五厘と駅舎の看板にあった。

この頃の物価は、白米十キロが五十五銭、蕎麦五厘から八厘、しる粉三銭、大工の手間賃四十銭、巡査の初任給は四円。

佐那はどの客車に乗るか迷ったが、これまで頑張って来た自分への慰めだと思い、上等の客車に乗った。

客席は二十席もないように見受けられたが、天鵞絨《てんがじゅう》とも呼ばれる英国製の柔らかなビロードのような布張りの椅子で、座るのが勿体《もったい》ないほどの高級感があった。

着飾って乗車した女性は皆日本髪だったが、男の人は髷を結っているのは爺さんが一人、若い男たちは断髪して洋服を着ているが、まだどことなくぎこちなく見える。

近頃は東京となった町を歩くと、男も女も洋傘を差していて、あっという間に洋風めいてきたものだと思っていたが、駅舎を訪れ、列車に乗ってみると、突然異文化の中に立った感がある。

更に驚いたのは到着した横浜の町だった。

駅舎の前には無数の人力車が列を作って客を待っているし馬車もみえる。

「佐那、こちらですよ」

迎えに来てくれた姉の梅尾が手を振っている。

二人はすぐに人力車に乗った。

車夫の走りに身をまかせて町を眺めると、洋館が建ち並び、繁華な商店街には芝居や興業の幟《のぼり》が立ち、街路には桜の木がずっと先の方まで植えてある。

「桜並木はあちらこちらにあるのよ。春になったら一面に咲きますから」

梅尾は、弾んだ声で言った。

佐那の新しい住まいは、長者町《ちょうじゃまち》の清正公堂《きよまさこうどう》の前の一角だった。

「こちらよ」

人力車を降りると、梅尾は三棟の長屋を佐那に見せた。

全て佐那の長屋である。

佐那の財布には、これまでに貯めたお金三千円が入っているが、これからの佐那の暮らしは、この長屋の収入でまかなわねばならない。三千円の金は、独り身の佐那にとっては老後の命綱だ。

「入って下さる人たちも決まっていますから。来月から入居してもらいます」

梅尾の差配《さはい》で、家主の暮らしのお膳立ては完了していた。

そして肝心の佐那の家は、長屋に隣接して建つ二階屋だった。

家の中に入ると、既に梅尾が簞笥《たんす》はこちら、布団はこちらと家財を整理してくれていて、佐那は大いに助かった。

「今日は引っ越しお祝いにお肉を買ってきてあるのよ。牛鍋にしましょう」

梅尾は弾んだ声で言った。

その時だった。

「梅尾さん、薪と炭はどちらにおけばいいんだい？」

小太りの男が入って来た。日に焼けた肌をしていて精力が漲《みなぎ》っている。

髪は短く切っていて、小袖と同布の羽織を着ていて、背後の使用人と思われる男を顎でしゃくった。

二人の男が、薪の束を担いで入って来た。

「ああ、そちらに置いて下さい。炭もその辺りに……」

梅尾は指図して、台所の土間に薪と炭を搬入させる。

「佐那、紹介しておきます。これからずっとお世話になる薪炭屋の山口菊次郎《やまぐちきくじろう》さん、この方も鳥取藩の方だったんですよ」

梅尾は佐那に男を紹介した。

鳥取藩の者だと聞いて佐那は安堵の目を向けた。

山口は好色な目で佐那を見詰めると、

「山口です。なんでもおっしゃって下さい。店は翁町《おきなちょう》河岸にありますが、ご所望とあらば火の中水の中、どこにでも参ります」

そう言って、はっはっと豪快に笑ってみせた。

「まあ、調子のいい事をおっしゃるのね」

姉の梅尾はそう言って笑ったが、佐那は山口の自分を見る目が気に掛かった。

山口菊次郎は頼まれもしないのに、奉公人二人を店に帰すと、棚を作ってくれたり水を汲んできてくれたりと、まるで我が家が引っ越して来たように力仕事を買って出た。

「そうだ、米醬油味噌など買ってきてありますか？」

菊次郎は梅尾に訊く。

「あっ、うっかり」

などと梅尾が言えば、

「分かりました、私がひとっ走りしてきましょう。他に何か欲しいものはありませんか」

などと気を利かす。

「そうだ、お砂糖とお茶も……」

「がってんです」

などと調子の良い言葉を返して、菊次郎は商店街に出かけて行った。

「お姉さん、あの人に頼むのは止《よ》した方が良いのでは……なんだか私」

不安げに言った佐那に、

「あの人、佐那が一目で気に入ったようね」

梅尾はクスリと笑って、

「適当に距離を置いて手伝って貰えばいいのよ。男手も必要な時があるのですもの。それに、薪も炭も無くては暮らせないでしょ」

佐那が危惧《きぐ》した通り、山口菊次郎は用事もないのに、ふらりと佐那の家にやって来るようになった。

ただ佐那の警戒心を察知しているのかどうか、何かを無理強いするという事もなかった。

大概玄関口で横浜の町の案内をしてくれたり、時にはパンを買ってきてくれたり、芝居小屋の切符をくれたりする。

「どなたか他の方に差し上げて下さい」

などとやんわり断ると、

「いや、これはお得意様に配っているのですからお気遣いなく」

などとはぐらかす。

それ以上突き返すのもあんまりかと思いながら菊次郎の意を受けているうちに、少しずつ警戒心が薄れていくのに気がついていた。

菊次郎の紹介で、同じ鳥取藩士で『小形屋《おがたや》』という売込問屋をやっている串田八十吉《くしだやそきち》夫婦とも懇意《こんい》になったことも、菊次郎への警戒心を解くきっかけになったのかもしれない。

売込問屋とは品物の取り次ぎを行う問屋だ。しかも小形屋は鳥取県の御用達で、生糸の取り次ぎ屋をしていた。

産地で仕入れた絹を輸出業者に渡したり卸問屋に回したりして商っており、近年の日本の外貨収入のトップを占める生糸取引に関わっているだけに身代も裕福だった。

なにしろこの頃の横浜は、外国との取引のほとんどが生糸とお茶だった。中でも生糸は国内の九割以上がこの横浜で、生糸輸出港としての地位を確立していた。

その横浜で生糸の売込問屋をやっているという事は、とりもなおさず財も力も信用もあるという事だ。

しかも小形屋八十吉の妻、藤は佐那の三つ年上で、懐が深く才覚もあり、すぐに親戚づきあいのような親しい間柄となっていた。

その藤が、山口菊次郎から仲人を頼まれたと佐那の家を訪れたのは、佐那が横浜に暮らして一年になろうかという時だった。

「いかがですか、菊次郎さんは働き者で商いの方もうまくいっているようですからね。軽口は叩きますが悪い人ではありませんよ。菊次郎さんも所帯を持つのは初めてですし、佐那さん以外には考えられない、そうおっしゃっているんです」

藤は佐那に菊次郎との結婚を勧めた。

「ありがたいお話ですが、私は結婚はしないと決めております」

佐那は固辞した。

頭の中には龍馬しかいなかった。

ただ、この横浜にやって来て、近頃では時間をもてあましていた。

以前は道場で門弟に稽古をつけ、また合間を縫って出稽古にも行き、じっとしている暇はなかった。

ところがこの横浜では、朝食を終え掃除や洗い物をした後は、丹念に新聞を読み、それが終われば本を読み、時には和歌も詠んでみたりするのだが、あの賑やかだった千葉道場のように話す相手もいない暮らしだ。

姉とは行き来しているものの、佐那には何か生きがいというものがなかった。

一度北辰一刀流の剣術を広めるために剣劇会を東京で開いた時、佐那も薙刀で試合に参加したが、以前のような熱い思いが湧いてくることはなかった。

龍馬が亡くなってから、佐那は何かに夢中になって取り組むということが出来なくなっていた。

何をやっても、ふわりと宙に浮いているような精神状態で、集中できないのだった。

心機一転だと江戸を出て横浜にやって来たものの、虚《うつ》ろになった精神状態はなかなか元には戻らなかった。

このままひとりぼっちで老いていくのかと思うと、それも不安だった。

「あなたが何故結婚を拒んでいるのか理由は分かっています。菊次郎さんも佐那さんが坂本龍馬さんという方と許嫁だったということはご存じです。事情を知った上で結婚したいとおっしゃっているのです。お姉様の梅尾さんから龍馬様のことを聞き出したらしくてね……」

「…………」

「でももうお亡くなりになってから随分たっていますでしょう……忘れられない気持ちはお察ししますが、あなたは生身の人間です。このまま年老いてよろしいのでしょうか。その美貌で勿体ない。他に良い人でもいるのならともかく、そのまま独り身を続けるなんて」

「お藤さん、私はもう三十六歳です。子供が産める歳ではございませんし」

「いいえ、そんな事分かるものですか。まだまだ大丈夫。むしろその歳だからこそ良く良く考えてほしいのです。私はあなたに、女の幸せを知ってほしいのです」

佐那は口を閉じて俯いた。

女の幸せは結婚しなければ得られないものなのかと思った。それなら姉は何故離縁して帰って来たのかと思う。

「まあね、すぐに返事を下さいという訳ではありませんから。よくよく考えて下さって良いのです」

藤はそう言って帰って行った。

佐那は仏壇に向かって手を合わせた。

仏壇と言っても押し入れ半分を使ってこしらえた小さなものだ。そこに位牌の代わりに坂本龍馬の名を書いた短冊を置いてある。

龍馬が亡くなってから既に六年と半年、佐那はこの仏壇にお茶や花を供えて手を合わせてきている。

翌日のことだった。

佐那が仏壇の前で手を合わせていると、菊次郎がふらりと土間に入って来た。

「佐那さん」

菊次郎は照れくさそうな顔をしている。

佐那は慌てて襖を閉めて菊次郎に向いた。

「お藤さんから聞いてくれたと思うけど、私はいつまでも待っているつもりだから」

そう言って上がり框《かまち》に腰を据えた。

「すみません、私、菊次郎さんが思っているような女ではございません。ですから」

「待ってくれ」

菊次郎は佐那の言葉を遮った。

「あなたが坂本龍馬殿の許嫁だった事は聞いています。龍馬殿の霊を守っていることも知っています。知っていて私は佐那さんにお願いしているのです。一緒になってほしいと……」

「すみません。でもやはり私は、龍馬様のことを忘れることは出来ません。ですからあなたの妻にはなれません」

佐那は、やんわりと断った。

「いいや、今はそうでしょう。だからこそ私は、あなたのその心を癒やして上げたいと思っているのです」

菊次郎はそう言うと、

「佐那さん……」

するりといきなり部屋の中に手を伸ばして来て、佐那の手をぐいと摑んだ。

「お離し下さい！」

佐那は身をよじって菊次郎の手を離した。

男に触れられたのは龍馬に抱きしめられた時以来だ。

どきりとしたが、菊次郎の手の感触には嫌悪感を持った。

「すまない、この通りだ」

菊次郎は両手をついて頭を下げたが、それで諦めたという訳ではなかった。

その後も変わりなくやって来ては無駄口を叩き、平然と帰って行く。

佐那は手を握られてから、菊次郎が現れるとひやひやした。

剣術をやっていた佐那は、万が一乱暴をされれば拒むことは出来るという自負はある。相手の額に手刀を打つことだって出来る。

だがその自信が、菊次郎の来訪を許すことになったのかもしれない。佐那は油断していたのだ。

ある日のことだった。

佐那が癪《しゃく》を起こして痛みに苦しんでいた時、やって来た菊次郎が驚いて医者を呼び、看病してくれたのだ。

佐那の心は少しずつ警戒心を解いていく。

そして明治六年十二月、龍馬の七回忌に一人で祈りを上げた佐那は、翌年明治七年春に菊次郎の申し出を受ける決心をした。

二

「佐那、いるか!」

怒声と共に玄関の戸を乱暴に開けて部屋に入って来たのは深川で余生を送っている筈の定吉だった。

「父上……」

店子《たなこ》の家賃収入を記した帳面を開いていた佐那は、驚いた顔で迎えた。父の定吉や兄夫婦には、菊次郎と所帯を持つと手紙で報告していたのだ。その報告が気に入らなかったのは定吉の顔色を見て、すぐに分かった。定吉は手に小刀を握っていた。道中風呂敷に包んで持参してきたようだ。しかも憤怒の表情で、額には赤い血管の筋が浮き上がっている。

佐那は恐怖を感じて立ち上がった。

「お前を成敗してやる。そこに座れ！」

定吉は刀を抜きはなったのだ。

「菊次郎さんが気に入らないのですね」

佐那は言い返した。菊次郎が父に気に入って貰える男でないことは分かっていた。

「当たり前だ。山口とかいう男、重太郎の話では鳥取藩士とはいえ下士も下士、侍とはいえぬ扶持米《ふちまいわず》僅か十俵二人扶持の者と聞いておる。徳川の世ならばお前に近づくことも許されぬ身分ぞ」

「今は明治でございます」

静かに佐那は言う。

「時代は関係ない事だ。お前は、龍馬が亡くなった時のことを忘れたのか。龍馬の後を追って自害しようとしたお前が、くだらぬ男と結婚を考えるとは笑止千万《しょうしせんばん》、わしの娘とは思えぬ。その方の命はすべて龍馬が霊前に捧げんとしたものではなかったのか。しかるに今更どの面《つら》下げて他家に嫁がんとする！」

定吉は怒りに震えていた。まるで自分の妻が不義をしたかのごとくの怒りようだ。

「父上、今一度落ち着いて私の話を聞いていただけないでしょうか」

佐那は言った。落ち着いて言ったつもりが、佐那の声も震えていた。

「ええい、聞く耳持たぬわ。老齢のわしが足を引きずってここまでやって来たのは、山口との結婚を阻止するためぞ。そのわしの忠告も聞かずに山口とかいう男に嫁ぐというのなら、この場において龍馬に代わってお前を斬る！　その方の一命を絶つ！」

定吉の目は本気だった。

「さあ、返事をしろ！」

ぐいと歩を寄せてきた定吉に、佐那は恐怖に染まった。

佐那はじりじりっと追い詰められる。定吉の刀を摑んでいる手に力が入ったその刹那、佐那は裏口に走った。

「待て！」

定吉が追いかけて来る。

佐那は、小形屋に飛び込んで助けを求めた。

「お父上様のお気持ちは良く分かりますが、坂本さまの七回忌も過ぎたところです。坂本さまだって佐那さんの幸せを願っている筈です。許してやっていただけないでしょうか」

定吉はこんこんと小形屋夫婦に説得されて、迎えに来た梅尾と帰って行った。

菊次郎との祝言はまもなく行われたが、祝いの膳に姿を見せてくれた千葉家の家族は梅尾一人だった。

その夜佐那は、菊次郎の家で抱かれた。

菊次郎に嫁いだのだから当然だといえばそうなのだが、佐那の家には龍馬との思い出の品があった。

形見の袖や長年拝んできた龍馬の名を書いた短冊、そして千葉の庭から株分けして持って来て中庭に植えてある菊、龍馬への思慕を書き綴った日記、それらのある家で菊次郎に抱かれるのは抵抗があったのだ。

「佐那、お前はもうわしのものだ」

獣のように豹変《ひょうへん》して佐那に襲いかかった菊次郎が、佐那の胸に手を入れて乳房を摑んだその時、佐那の双眸《そうぼう》から涙があふれ出た。

この乳房は、龍馬に捧げたものではなかったのか。

――龍馬様に抱いてほしかった……。

身体を突き抜ける激痛と興奮の中で佐那は泣いた。

その日から、佐那は菊次郎の店の内儀であると同時に、自身が持つ長屋の大家として二軒の家を行き来した。

菊次郎は佐那を毎日抱きたがったが、佐那は菊次郎が口を吸いに顔を寄せて来るのを、次第に拒むようになって行った。

脂ぎって締まりのない身体から発散する体臭にも、佐那は不潔感を覚えていた。

佐那は口を吸われればうがいをし、身体を重ね合ったあとは丹念に身体を洗った。

そんなに身体に触られるのが嫌なのに、一方で身体の芯から男を求めている。佐那は女の性に気づいて愕然とする。

結婚しても佐那の気持ちがぴたりと治まったかというと、そうではなかったのだ。また新たな葛藤《かっとう》を抱えることになったのだった。

そんなある日、佐那は新聞で西郷隆盛《さいごうたかもり》を頭として九州で戦争が始まったことを知った。

西郷隆盛の名は龍馬から一度、そして兄からも聞いていたから、佐那は驚きをもって記事を読んだ。

それによると征韓論を巡って大久保利通《おおくぼとしみち》等と反駁《はんばく》し、西郷は鹿児島に帰って行ったが、その西郷が新政府への不平分子を集めて決起したというのだった。

戊辰《ぼしん》戦争が終わって十年、まだ戦があるのかと愕然としたが、二月十五日に始まった戦いが、九月二十四日には政府が総攻撃したことで西郷軍は陥落したようだった。

西郷は切腹したとの一報が新聞に大きく載った。

この記事を目にした時、佐那の脳裏には殺される龍馬の姿が蘇《よみがえ》った。

まだこの時になっても命を懸けて戦っている人がいるというのに、菊次郎の考えていることは、佐那を抱き、飽食に明け暮れ、町を肩で風を切って歩くことだ。

佐那は庭に出た。

桶町の家の庭から持って来た菊の苗が今年も茎を伸ばし、蕾《つぼみ》をつけて、花開く日を待っている。

龍馬が菊の枝を佐那の髪に挿してくれたあの時の光景を、佐那は菊を見るたびに思い出す。

「佐那、いるんだろ」

その時玄関で声がした。菊次郎の声だった。

急いで庭から座敷に上がると、菊次郎は興奮した目でつかつかと近づいて来て佐那を押し倒した。

「止《や》めて下さい！」

佐那は菊次郎をはねのけた。

すると菊次郎は押し入れに歩み寄って乱暴に開けた。

みてみろ、そんな顔を佐那に見せて、仏壇にある龍馬の名を書いた短冊を摑むと足下に叩きつけた。

「何をするんですか！」

佐那は走り寄って短冊を拾い上げて胸に抱いた。

「いつまで昔の男に想いをよせているんだよ。お前は、今は私の女房じゃないか。私は知っているんだ。お前がここで、毎日死んだ男を偲《しの》んでいることをな」

佐那はきっとなって言い返した。

「あなたは、昔私に許嫁がいた事はご存じの筈でしょう。何を馬鹿なことをおっしゃっているのですか。ここに私が昼間いるのは、私は大家だからじゃありませんか。店子の方たちが何時《いつ》どんな相談を持ちかけてくるかもしれないんだから」

「わかった。それなら尚更のことだ。この部屋でお前を抱く。そしてお前のあえぎ声を龍馬さんとやらに聞かせてあげようじゃないか」

「止めて下さい！」

佐那は摑みかかってきた菊次郎の腕を摑んでねじ上げていた。

――志の低い男だ……。

こんな男だったのかと、佐那がつくづく思ったのは、数日後に身内の哀しい死を知ったことも大きかった。

千葉家では佐那の妹の幾久の夫も重太郎の娘婿の束《つかね》も西南戦争に『抜刀隊』隊員として動員されていたというのである。

抜刀隊は徳川幕府時代の侍たちで、いまだに職に恵まれていない剣術の優れた者の集まりだった。

対する西郷軍の兵士も、新政府で職につけなかった不満分子だ。

いわば新政府に不満を持った者同士が第一線で激突したようなものだ。

抜刀隊はめざましい活躍をし西郷軍を敗北させるが、幾久の夫は深手を負って戦場で自害してしまったというのである。

千葉家の悲しみはそれだけでは終わらなかった。

夫の死を知らされた幾久は、失意の中、馬車にはねられて死亡してしまったのだ。

束は元気で帰還した。そのことは幸いだったが、帰還して受けた論功行賞が百円の賜金のみであった事に、束は新政府への忠誠心を失ってまもなく職を辞することになる。

西南戦争にまつわる論功行賞の不満は、翌年の明治十一年八月、竹橋《たけばし》事件という近衛兵大隊の暴動でも現れた。

不満を天皇に強訴しようと大隊長宇都宮茂敏《うつのみやしげとし》と週番深沢巳吉《ふかさわみきち》を殺害し、仮御所となっていた赤坂離宮に向かうが正門前で全員捕縛された事件である。

これによって死刑五十五名を含む三百九十四名が処罰されたのだった。

三

菊次郎と結婚して数年が過ぎたが、佐那と菊次郎の間には秋風が吹き始めていた。

そこに、佐那が子供の頃に近所で暮らしていた熊《くま》という女友達が、どこで佐那の噂を聞いたのか、幼い男の子を連れて訪ねて来た。

亭主を亡くして姑に追い出され行く当てもない。横浜なら酌婦でもなんでも仕事はあるだろうと思ってやって来たのだという。

話を聞けば陰険な姑で、熊は我慢に我慢を重ねてきたらしいのだが、もう辛抱が出来なかったようだ。お金もこの横浜にやって来るだけの額しか持っていなくて、途方にくれているとの事だった。

同情した佐那は、空いていた長屋の一つを提供してやり、仕立物の内職まで世話をしてやった。

熊の倅《せがれ》の仙吉《せんきち》は利発な子で、毎日佐那に文字を習いにやって来た。手持ちぶさただった佐那は喜んで迎えてやった。もし自分に子供がいればと、仙吉に得ることの出来ない夢を見るのだった。

菊次郎も近頃は佐那を避けている様子で、距離を置いて暮らすことの方が自分たち夫婦には良いのだと思っていた。

ところがある日、店子の一人が店賃をおさめに来て、

「佐那さま、お熊さんちに今菊次郎の旦那が入っていきましたよ。大家さんの友達だっていうことですから、こんな事言いたくありませんがね、寝取られますよ」

佐那に耳打ちして帰って行ったのだ。

佐那は怒りに震えた。

菊次郎の店の資金が足りないと言われて、長屋一棟を売り払い補塡《ほてん》してやったのは

つい最近のことだ。

店の危機を乗り越えたのは佐那のお陰だというのに、よりにもよって友達の熊に手をつけるとは——。

佐那はすっくと立ち上がると、熊の家に乗り込んだ。

「あっ」

布団の中で抱き合っていた二人は仰天して起き上がった。

「恥さらし！」

佐那は菊次郎の胸ぐらを摑むと、頬を一発張り倒した。

「ひえ……」

布団から這い出して逃げようとした熊の髪をひっつかむと、

「それでもあなたは友達ですか！」

熊の頬も殴ってやろうと手を上げたその時、

「佐那のおばさん！」

仙吉が外から走って帰って来て、台所に飛び込むと、包丁を握って佐那の近くに歩み寄った。

佐那は、はっとなった。仙吉にとって熊は母だ。佐那に刃《やいば》をふるってくるのかと身

構えたが、

「おいらのおっかさんが悪いんだ。おいらは、菊次郎のおじさんが来るのが嫌だったんだ。おじさんが来ると、いつも外に出されるんだ」

仙吉は母に刃をぐんと向けたのだ。

「仙吉！……」

熊は仰天して菊次郎の側に這い寄った。

我が子に刃を向けられて、熊の顔は真っ青になっている。

「仙吉っちゃん……」

佐那は仙吉の包丁を取り上げて抱きしめた。

「もういいのよ、いいの……ごめんね仙吉ちゃん、辛い思いをさせてしまって、ごめんなさいね」

佐那は仙吉を力一杯抱き締めてやった。

「おばちゃん、おばちゃん」

仙吉は佐那の胸の中でしゃくり上げながら泣く。

「ごめんよ仙吉、おっかさんが悪かったよ、許しておくれよ」

襦袢《じゅばん》一枚のみだらな格好で熊も泣き崩れた。

いたたまれなくなった佐那は、我が家に飛んで帰ると、お金と日記と龍馬の袖などが入った文箱などを風呂敷に包みこむと、家を走り出た。

姉の家に向かったが、途中で踵《きびす》を返した。

父の怒りに逆らってまで押し切った菊次郎との結婚だった。どの面下げて姉や深川にいる家族を頼れるというのか。

佐那は川崎に向かった。六郷村に後妻に入ったなつがいたからだ。

なつとは寒暑の見舞いをずっとやりとりしていたから住所は分かっている。

前を睨んで一刻も歩くと人影も見えなくなったが、佐那はおおよその見当をつけて歩いて行く。

暦は秋になっているのに、汗がねっとりと首筋に噴き出している。

まもなくの事だった。

次第に雲が空を覆い始めると、やがて激しい雨が降って来た。佐那は走った。雷も鳴り始めた。

「あっ」

佐那の下駄の鼻緒が切れた。佐那は下駄の鼻緒を手に、荷物が濡れないように胸に抱き、片足を引きながら歩いて行く。

——なんという惨めな姿だろうか。

と思った。

父のいう通りだったのだ。菊次郎はまことに品性に欠ける男だった。金を稼ぐことに汲々《きゅうきゅう》とし、しかも多情で陰気で、卑屈で、箸の持ち方、食べ方まで近頃では気になって仕方がなかった。

菊次郎の日常のひとつひとつを見るたびに、佐那は龍馬と比べている自分に気がついていた。

菊次郎との結婚は、早晩破綻することは予測出来ていた。確かに最初から不安だったのだ。

それに姉の梅尾をみれば、結婚すれば皆幸せになれるとは限らないのに、妻になる幸せを味わってみたい、そんな漠然とした欲望に押されて菊次郎を受け入れてしまったのだ。

そこからがもう間違っていたのだ。菊次郎との結婚は、佐那にとっても、いや、菊次郎にとっても不幸せだったのだ。

——罰があたった……。

と佐那は思った。

龍馬を裏切った罰だと思った。

佐那は悔悟の念に襲われて、はらはらと涙をこぼしながら歩いて行く。

この雨に、私の罰を洗い流してしまいたい、そう願った。

佐那は声を出して子供のように泣きながら歩いて行く。

「痛い！」

佐那は蹴躓《けつまず》いて転んでしまった。水たまりの中だった。足から腰から泥水が染みてくる。

佐那は、雨に打たれながらよろよろと立ち上がった。

その時だった。荷車を引いた馬が今来た道から近づいて来た。

佐那は顔を伏せてやり過ごそうとした。浮浪の民のような顔を見られたくなかった。

荷車はゆっくりと通り過ぎて行く。そっと見ると、馬の手綱を引いているのは、蓑《みの》を着て笠を被った男だった。

荷車が側を過ぎてほっとして立ち上がろうとした時、二間ほど先で荷車が止まった。

そして馬を引いていた男が慌てて佐那の方に走って来た。

男は佐那の顔を見ると、

「やっぱりそうだ！」

大きな声を上げた。

「佐那様、佐那様ではありませんか。源九郎《げんくろう》です」

と男は言う。

はっとして佐那は見た。男は桶町の道場に通ってきていた御家人の滝沢《たきざわ》源九郎だったのだ。

「滝沢様……」

「このような所で会うとは、しかもいったいどうなさったのですか。雨に濡れて、しかもその形《なり》は……横浜の方に嫁がれたのではなかったのですか」

源九郎は、自分が着ていた蓑を佐那の肩に掛け、笠も佐那の頭に載せてくれる。

「家を出て来たのです」

佐那は苦笑した。

「家を……」

ああそうなのかと、源九郎は察したらしい。

「父の所には帰れません。それで、千葉の家で働いて下さったなつさんの所に行こうかと思い立って」

「そうでしたか、なつさんなら私も覚えています。そうですか、六郷にいるのですか」

源九郎は余計なことは訊かない。そしてこう言った。

「そういう事ならお送りします。私も今六郷で乳牛を育てています。大概の場所は分かりますよ。さあ、馬に乗って下さい。こんな所を一人で歩いていては危ない。まもなく日も暮れてきます」

佐那は源九郎の引く馬の背中に乗った。


「お嬢様、おいたわしい……」

久しぶりに再会したなつは、佐那の姿を見て泣いた。

なつもこの時、父も亡くなり、今また夫も斃《たお》れて以前のようには歩けなくなり、暮らしは苦しそうだった。

それでも快く佐那を迎えてくれたなつのために、

「なつさん、ご存じのように私は水戸家から伝授された灸の治療方法を知っています。見たところご亭主は手足がしびれているようです。一度試してみてはと思うのですが……」

翌日佐那は提案した。

「医者にもいけず困っていました、是非お願いします」

なつ夫婦も縋る思いで治療を頼む。

佐那の灸治療はこの六郷が始まりだったが、亭主の徳兵衛が見る間に元気になったのを見て、患者はあっという間に押し寄せてくるようになった。

まもなく藤が横浜からやって来た。

「心配していたんですよ。菊次郎さんとの結婚を世話した私にも責任がありますもの。でもまあお元気で良かった」

藤は言い、今長屋は梅尾が管理していること、菊次郎も流石《さすが》に申し訳ないと思ったのか、

「佐那が望むなら離縁をしてもいい」

そう言ったというのである。

佐那は二度と横浜には帰らない旨、藤に告げた。

六郷で灸治を始めて一年が過ぎた頃、父の定吉が危篤だという知らせを貰った。

佐那は東京に戻り、久しぶりに父の顔を見た。

定吉はもう意識はないように思えた。痩《や》せて昔の面影はない。頬《こ》が痩けた顔で佐那の顔をじっと見詰める。

「父上……」

佐那の呼びかけに、定吉がひからびたような手を伸ばして来た。

佐那は定吉の手を握った。そしてその手を頬に当てて泣いた。

定吉の目にも涙が膨れあがっている。

「父上はずっとお前の事を案じていたぞ。佐那は本当に幸せなのかと……」

重太郎が言う。

佐那は思い切って離縁したことを告げ、

「父上、佐那は龍馬様の御霊をまもって生きてまいります」

きっぱりと述べた。

「おお……」

とほっとした声をあげたように聞こえた。それで定吉は目を閉じた。

「わしはお前が離縁したことは伝えてなかったのだ。だがこれでいい。父上も安心して逝かれた」

重太郎は言った。

葬儀がすむと再び六郷に戻っていった佐那だったが、十一月になって重太郎から文が来て、京に赴任した束が大怪我をしたらしい、見舞いに行くのだという。

束は西南戦争のあと職を転々としたようだが、明治十四年一月に京都府知事になった北垣国道《きたがきくにみち》から京都府監獄看守長を命じられ七月から勤務していた。

北垣国道はかつて重太郎と一緒に鳥取藩で活躍した志士で当時は柴捨蔵《しばすてぞう》と言っていた男である。

維新後高知県令、徳島県令を経て京都府知事になった人だ。

琵琶湖疎水の第一疎水を完成させたのも北垣だが、剣客だった北垣は、かつて重太郎と仕事をした事もあり、千葉家の衰退を気にしていた。

そこで束を監獄看守長に選んでくれたのだが、何があって束は怪我をしたというのか、重太郎はいてもたってもいられなかったようだ。

それというのも、重太郎の二女のとらは、幼い頃から千葉家に養子として入っていた東一郎と結婚し、以前道場だった桶町で牛を飼って牛乳を販売していたが、東一郎の実父が亡くなったことで重太郎との縁組みを解消していた。

束の方は重太郎の長女しげの夫だ。熱血漢で将来を大いに期待していた婿だ。しかも東一郎との縁が切れたことで、重太郎は一層束に重きを置いていたから、怪我などと聞けば気をもむのも仕方がない。

――私も京に行ってみようか……。

佐那の心が動いた。

京で兇漢《きょうかん》に襲われて命を落とした龍馬の墓は京都にある筈だ。

それに、龍馬が京でどんな暮らしをしていたのか知りたい。その事はずっと以前から願ってきたことだ。

今だったら冷静な目で、龍馬が駆けた足跡を見届けられるかもしれない。

佐那は京に行くことを決心し、六郷での灸治にも踏ん切りをつけ、重太郎と一緒に京に向かった。

追想

一

「いや、ご心配かけました。実は囚人と看守の争いがございまして、この傷は囚人に瓦を打ち付けられた傷です」

束は病院のベッドで苦笑した。

「まったく、何故にそのような事になったのだ」

重太郎が苦笑して訊く。

「奴らには不平不満があったようです。あわよくば脱走しようと考えてのことだったと思われます」

束の話によれば、京都の監獄では囚人三百人が暴れ出し、看守を打ち据えて刀を奪い、また別の囚人たちは工作用の木竹を取って得物《えもの》とし、看守たちに襲いかかったが、追い詰められると監獄の屋根に上って気勢を上げた。

看守長だった束は、この騒動を止めさせようとサーベルを引き抜いて屋根に梯子《はしご》を掛けて登った。

そして騒ぎを誘導した男の囚人の首を一刀のもとに刎《は》ねた。

だが次の瞬間、束は別の囚人から瓦を額に投げつけられ、額をざくりと切ったのだということ。

騒ぎはなんとか収めたが、屋根の上は斬り合った時の鮮血が累々《るいるい》としたたり落ちていたというから、相当な激戦だったに違いない。

「おばさまにまで心配かけてしまいまして……」

苦笑して頭を下げる束に、

「いいのですよ。思ったより軽い傷でほっとしました」

佐那は笑みを返してそう告げると、重太郎に断って一足先に病院を出た。

佐那には行く所があったのだ。

今や高知県となった土佐藩の者から、弥治郎が京都に絹問屋の店を構えていると聞いたからだ。

所は室町筋、屋号は『京一《きょういち》』と聞いていた。

店はすぐに見つかった。表通りに紺色の大暖簾《のれん》を掛け、京一と白地で染め抜いている。けっして大きな店ではなかったが、どんと構えて近隣にその存在を誇示しているように見えた。

「ごめん下さいませ」

佐那が店に入ると、

「佐那様、佐那様ではございませんか」

帳場に居た弥治郎が気づいて、すぐに上がり框《かまち》まで出て来、

「驚きました、あれから十五、六年ですか、随分お目に掛かってないのに、少しもお変わりなく……」

「弥治郎さんもお元気でなによりでございます」

佐那は弥治郎の顔をまじまじと見た。

弥治郎は随分と歳を取って五十の坂に入っているようだった。短く切った髪にも白

髪が目立っている。

だが血色は良かった。店が好調なのも顔色で分かった。

「ささ、どうぞ、お上がり下さいまし」

弥治郎は帳場を番頭に頼んで、佐那を奥の座敷に案内した。

すぐにお茶を運んで来た人が内儀だった。

「つねと申します。弥兵衛《やへえ》はんから佐那様のことはうかがっておりました。お美しいお方やて……」

つねは口を押さえて笑った。

「店も持ったことですから、弥治郎改め弥兵衛と今は名乗っております」

弥兵衛は照れくさそうに言ったが、昔と違って押し出しの良い商人になっていた。

「絹とは良いところに目をとめられたんですね。私も少し前まで横浜で暮らしておりましたが、外国との取引は絹ばかり」

「はい、その通りでございます。絹を扱う店にしたのは坂本様から、絹を扱え、そう言われていたからでございます」

「まあ……」

佐那は驚いた。それに、弥兵衛から龍馬の名が出ることが嬉しかった。

「で、京都にいらしたのは何時《いつ》のことでございますか」

弥兵衛は尋ねた。

佐那は、京には今日到着したばかりだが、重太郎と一緒にやって来たのだと事情を話した。

「これは驚きました。そうですか、重太郎先生の娘さんの婿さんが看守長を……」

弥兵衛は驚いたようだった。

「それでね、弥兵衛さん、私、京に参りましたのは、龍馬様が定宿にしていた寺田屋さん、それと襲われた近江屋さん、また、龍馬様のお墓にもお参りしたくて……弥兵衛さんがご存じの方で、どなたか案内して下さる方はいないでしょうか」

佐那は言いながら、弥兵衛の顔が強ばるのを見た。

弥兵衛は少し考えていたが、やがて決心した顔で言った。

「分かりました、私が案内いたしましょう」

翌日のこと、佐那は弥兵衛と一緒に人力車に乗って伏見の寺田屋を訪問した。

道すがら当時女将だったお登勢という人は四年前に亡くなっていて、今は娘さんがやっている筈だと弥兵衛は教えてくれた。

「へえ、私が登勢の娘どす。龍馬はんのことを訊きたいいうことですけど、龍馬はんがここにいてはった頃は私もまだ子供で……」

若い女将は、背後の台所で立ち働く女たちに視線を走らせると、母が忙しくて子供の頃はいつも台所で遊んでいたのだと言って笑った。

東京の台所は板の間で作業をするようになっているが、上方の台所は土間に流しも竈《かまど》もある。だから女たちは下駄を履いて忙しそうに立ち働いていた。

登勢の娘は、佐那と弥兵衛を座敷に上げると、

「龍馬はんの何を訊きたいのでしょうか」

佐那に言った。昔を懐かしむ顔になっている。

「覚えていらっしゃること、どんなことでも……」

佐那は登勢の娘の顔を見る。

龍馬が亡くなって十四年、もう心を乱すこともないだろうと思っていたが、やはりいざとなると動揺している。

「私が覚えていることというたら、そやなあ、龍馬はんはおしゃれでした。絹のお着物に黒羽二重の羽織、袴は仙台平で、そうそう、一度派手な袴でやってきはったこともおました。ほんわかしたのんきそうな顔をしてはる思うたら、怖い顔してる時もありましたえ。わたしら子供は、龍馬はんが父親やったら、どんなに嬉しいかて思てまし

た。きっとおかあはんの気持ち、考えてのことやったかもしれまへん」

登勢の娘はクスリと笑って、

「ピストルも見せてもらいましたえ」

嬉しそうな顔で佐那を見た。

「龍馬様はこの宿で襲われたことがあると聞いていますが、その時に使った銃ですね」

佐那が水を向けると、

「へえ、よくご存じで……あの時は怖おした。用心棒の三吉慎蔵はんがいてはりましたし、それにお龍はんが機転をきかせて龍馬はんに知らせてあげはって、それであの時命を落とさずにすんだんです。それからは龍馬はん、お龍はんのこと、命の恩人やいわはって……」

「そのお龍さんとおっしゃる方は……」

佐那は訊く。

側で弥兵衛がひやひやして見守っている。

「あっ、ご存じやないんですね。お龍はんは坂本はんの奥さんにならはったんですよ」

「えっ……」

佐那は思わず声をあげた。思ってもいない言葉だった。

衝撃を佐那が受けていることなど知らない登勢の娘は、言葉を続けた。

「二人は仮祝言まであげはって、もっとも、そうせんと、お龍はんばかりかお龍はんのおかあはんまでが納得しはらしまへん。龍馬はんは鹿児島に行くことになったんやけど、その時も一人で行くつもりやったんです。でも、どないしてもついていくておましたんです。それで龍馬はんはお龍さん連れて鹿児島にいかはりました」

「!……」

佐那は絶句している。驚きは続いていた。

お龍の名は以前に一度聞いていたが、まさか仮祝言まであげていたとは知らなかった。

佐那は目眩《めまい》を覚えた。

来るべき場所ではなかったと一瞬後悔したが、すぐに、

――いいえ、龍馬様のなにもかもを知ることこそ、残りの人生を悔いなく暮らせる事になるはず……。

龍馬を亡くして希望を失い、藁《わら》をも掴む想いで結婚した菊次郎には幻滅し、これから何をしてどう生きればいいのか模索しているところである。

この京の旅は、さまざまな意味で新しい第一歩なのだ。

登勢の娘が怪訝《けげん》な顔で、

「大丈夫でございますか？」

佐那の様子を見て、そして側についている弥兵衛の顔を見た。

「このお方は、坂本様が江戸で剣術を教わっていた千葉家のお嬢様で、坂本様とは許嫁だったお方で……」

弥兵衛の当惑した言葉に、登勢の娘は驚いて、

「許嫁……そやったんですか、なんにも知らんとべらべらしゃべってしもうて、お気を悪くなさったのならかんにんどっせ」

登勢の娘はおろおろする。

「いいえ、お気になさらないで下さい。私は大丈夫です。龍馬様は厳しい時勢を走り抜けていた人ですもの、いろいろとおありになったのだと思います。お話いただいてありがとうございました」

佐那は礼を述べて店を出た。

「すみません佐那様。お龍さんのことは言い出しにくくてお知らせしておりませんでした。でも決して、坂本さまはあなた様のことをないがしろにしたという訳ではないと存じます。お龍さん一家を放っておけないのだと、そうおっしゃっていました。自分の命を救ってくれたひとですからね」

弥兵衛はお龍と龍馬との出会いを話した。

お龍は医師の娘だったが、安政の大獄の折父親も捕まって、まもなく解放されたものの病没。一家の暮らしは娘を売らなければならないほどに困窮していた。

それを見かねた龍馬が物心両面支えていたのだが、寺田屋の登勢に預けたお龍が、龍馬の滞在中には世話係をしていた事から、先のいきさつになってしまったのだと説明した。

「弥兵衛さん」

佐那は首を横に振って見せると、

「大丈夫です、私、本当に大丈夫です」

自分に言い聞かせるように言った。

「お龍さんも坂本さんが亡くなってからまもなくして、土佐の坂本家のお屋敷に海援隊の者が送り届けたようですが、一年もたたないうちに坂本家を出たようです。なんでも兄上様がご親戚にお龍さんを紹介するのに、龍馬の妾だと言ったとかで……お龍さんは気っ風のいい人でしたが気性も強くて、坂本家の扱いが我慢できなかったのではないかと私は思っています」

弥兵衛の言葉に佐那は頷いて聞いていたが、

「では今はどちらに……」

歩きながら弥兵衛の横顔に訊いた。

「確かめた訳ではありませんが、東京に出て西郷さんを頼ると言っていたようなんですが、その西郷さんは直後に戦争で自刃しましたからね。その後は酌婦をしていたようですが、横須賀で路上商いをする男と一緒になったと聞いてますが……」

「そう……」

佐那の心は哀しみで膨れあがった。

──お龍という人も維新の犠牲者かもしれない……。

龍馬が生きていれば、浮浪の暮らしをせずに済んだのに、致し方のない事かもしれないが、新政府は維新の、まさに身を捨てて力になってくれた者たちを、原動力になった者たちを、そしてその家族や縁者を、全て斬り捨てていくのだろうか。これが新しい世を作るということなのだろうか……。

だったのだった。


「さあ、近江屋さんに参りますか」

深い思考の中を彷徨《さまよ》っていた佐那に、弥兵衛は人力車に乗るように勧めてくれたのだった。

「どうぞ、階段、滑りますから気ぃつけておくれやす」

龍馬が最期を迎えた近江屋に出向いた佐那は、出迎えてくれた番頭が、事件現場の部屋に案内してくれるというので二階への階段を上った。

「ご存じやと思いますが、坂本様は中岡慎太郎様が訪ねてこられてお話中どした。普段は用心して庭の土蔵でお暮らしやったんですが、その日は風邪気味で、母屋の方に移ってきてはったんどす。そこへ十津川《とつがわ》の郷士と名乗るお方が訪ねてこられて、藤吉いう下僕が二階に案内しはった。すると賊は、坂本様が行灯《あんどん》の明かりで郷士の名刺を確かめているその時に、有無を言わさず襲いかかったのでございます。坂本様が額に受けた一撃は、頭蓋骨を割り、しかも刀を取ろうとした坂本様は背中も斬られてお亡くなりになりました。葬儀はここから出しましたが、身体には無数の切り傷がございまして……」

「ああ……」

佐那は階段を上った所で、膝をついた。顔は蒼白だ。

番頭は戸惑いながらも奥の方を差して、

「暗殺されたのは次の間の、その奥の八畳の部屋でございます」

迷い顔で佐那に告げた。佐那の取り乱しようが気になったのだ。

佐那は、身体が凍り付いてしまっていた。立とうにも立ち上がれなかった。恐怖で息が止まりそうだったのだ。

「佐那様……」

心配して差し出した弥兵衛の手をつかんで、ようやく立ち上がると、

「すみません番頭さん、私はここで失礼いたします」

佐那は礼を述べると足をもつれさせながら階下に下りて外に出た。

激しい動悸《どうき》が止まらない。

佐那は胸をおさえてよろよろと歩いていく。

「佐那様！」

弥兵衛が後を追っかけて来た。

佐那は高瀬川まで一気に歩くと、岸辺に蹲《うずくま》った。

何度も大きく息を吐く。

佐那には殺害現場を見なくても龍馬の惨殺される場面は目に浮かんでくる。剣客だと聞けば尚更だ。

「あの折坂本さまは、藩邸にいれば襲われることもなかったでしょうに……」

弥兵衛が佐那の側に腰を落とし、高瀬川の向こうに見える藩邸を見た。

「いったい誰が襲ってきたのでしょうか」

佐那は息もきれぎれに呟く。

「当時は襲って来た男の一人が『コナクソ』という言葉を使ったことと、遺留品などから新撰組ではないかと言われて……土佐藩庁はすぐに幕府に近藤勇《こんどういさみ》を詰問するよう申し入れたようです。しかし近藤勇はそれを否定したと聞いています。明治三年になって見廻組《みまわりぐみ》が襲ったのだと政府も認めておりますが、今井信郎《いまいのぶお》という者以外の名は、誰と誰だったのか、未《いま》だに判然としないのです」

「………」

事件の真相は闇の中だ。当時の政局の複雑さを思いやる。

実は佐那は、龍馬の死後兄から、薩摩と長州が龍馬の仲介で手を結んだこと、亀山社中《かめやましゃちゅう》のこと、海援隊設立のこと、そしていろは丸の事件、大政奉還に向けての八面六臂《はちめんろっぴ》の働きなど、龍馬の活躍は聞いている。

しかし、武力で政権を取ることをよしとせず、大政奉還にまでこぎ着けた後は、龍馬がいては邪魔だと考えた者はかなりいたのではないか。

薩長は武力でもって完全に旧幕府の根を絶たなければ、新しい世は生まれないと考えていたからだ。

その事が、龍馬が亡くなったあとの戊辰戦争に繋がって行ったのではないかと佐那は思っている。

龍馬を惨殺したのは、薩長か紀伊か、はたまた幕府か、疑えばきりがないが、

——ただ一つ、土佐藩だけは龍馬を殺すとは思えない……。

何しろ土佐藩肝いりで海援隊を率いていたからだ。

海援隊は大洲《おおす》藩から借り入れた『いろは丸』に物資を積んで長崎を出航したが、讃《さん》州箱《しゅうはこ》ノ岬《のさき》沖で濃霧の中、紀州藩船『明光丸《めいこうまる》』と衝突した。

明光丸は八百八十トン、いろは丸は百六十トン、いろは丸は浸水し、これを見て慌てた明光丸は再びいろは丸の船腹に衝突、いろは丸は沈没してしまった。

この衝突で両者は激しく対立したが、龍馬は国際法を持ち出して、紀州徳川家に八万三千両の賠償金を出させる約束を取り付けたのだった。

これによって土佐藩は大洲藩への弁済金を含め、大いに助かったのは間違いない。

だからこそ幕府に強い言葉で龍馬惨殺の犯人探索を迫ったたし、海援隊たちはその後新撰組と斬り合っている。

しかも板垣退助に至っては、戊辰戦争の折、甲州で追い詰めた近藤勇に切腹を許さず首を刎ね、わざわざ京の三条河原まで運んで晒《さら》している。

——龍馬様が生きていらしたら……。

維新後政府内で薩長出身の者たちから土佐藩出身の者たちが脇にやられる事はなかった筈だ。実際そういう言葉を吐露している者たちがいることも兄から聞いている。

佐那はじっと考えていたが、大きく息をついてから、

「帰ります……」

よろりと立ち上がった。だが、

「おきちさん？」

高瀬川に菜の入った籠《かご》を抱えて下りていく女を見て呟いた。

きちは江戸の檜物町でたぬきという小さな居酒屋をやっていた、あの人だ。

土佐の以蔵と相思相愛だった女だ。

江戸にいた時は濃い化粧をして色気たっぷりの女だったが、菜の籠を抱えた女は木綿の縞の着物に前垂れ姿、化粧っ気もないようだ。

人違いかと一瞬思ったが、やはりきちに違いない。

「おきちさん！」

佐那は声をあげた。

川辺に下りた女が振り向いた。そして、

「佐那様！」

驚いた声をあげると同時に籠を落とした。

あわてて菜を拾い上げるが、籠に放りこむとそこに置いたまま佐那の所に駆け上がってきた。

「佐那様！」

「おきちさん、よくご無事で……」

二人は思わず手を取り合った。

「まさか佐那様にこんなところでお会い出来るとは、これも亡くなった龍馬様と以蔵さんの導きかと……」

おきちは言葉を詰まらせる。

佐那も頷き、

「私は今、近江屋さんをお訪ねして龍馬様の最期をお聞きしたところでしたが、最後までお話を聞くことが出来ず、ここまで逃げてきたところでした」

思わず涙があふれ出る。

「本当にお気の毒でした……本当に……佐那様、私も龍馬様が殺されたと聞いた時、どれ程驚いたか知れません……」

きちは悔しそうに言い、龍馬が殺された晩は京の町は「ええじゃないか、えじゃないか」と歌って興じる群衆で、河原町も、このあたりも人で埋めつくされていたのだと告げた。

「殺人者たちは、その中にもぐり込んで逃げたのですよ」

おきちは憎々しげに言い、

「でも、佐那様がお元気でいらして、良かった。龍馬様が守って下さっているのですね」

じっと佐那の顔を見た。

おきちの髪には白いものが混じっている。歳月の流れを感じずにはいられない。

だが、どれ程歳月を重ねても、愛する人を亡くした悲しさ、ましてや暗殺された悔しさや憤りは消え去る事はないのだ。

それはおきちだって同じではないか。

「おきちさんも良くお元気で……以蔵さんの事では大変な思いをしたのでしょう？」

佐那が尋ねると、おきちは自分と佐那の話を聞きながら見守っている弥兵衛を見て、

「私、弥兵衛さんに助けていただいたんです」

と言う。

「いやいや、坂本様に頼まれてお手助けしただけでございます」

弥兵衛は言った。何がどうなっているのか佐那は江戸でおきちの店を訪ねた時の事を話した。

「私もおきちさんに今日ここで会えるなんて驚きました。いつだったかしばらくして檜物町のお店になつがおきちさんの様子をうかがいに参りましたら、おきちさんはお店を人手に渡してどこかに行ってしまったと聞いてきたのです。その後どうなさっているのか案じていたのです」

するときちはふっと苦笑して、

「以蔵さんを追っかけて京に来ていたんです」

頬を染めた。

「で、以蔵さんに会う事はできたのですね？」

佐那は、年甲斐もなく恥じらいを見せるきちに尋ねた。

「ええ、会いました。そしてしばらく一緒に暮らしました」

「まあ！……」

「でも……」

きちの顔が哀愁の色に染まっていく。

すると見守っていた弥兵衛が側から口を挟んだ。

「文久三年の八月の事です。京の政変で長州藩が京から追われました。すると土佐の容堂公は勤王《きんのう》党処罰に乗り出しまして、武市さんなど多数の勤王《きんのう》の志士が捕まってしまいました。以蔵さんはその時このおきちさんと、とある寺の小屋に潜伏《せんぷく》していたんですよ……」

「捕縛されるのが怖かったんです」

きちは言葉を添えた。そして当時のことを説明した。

それによると、人の目を忍ぶ二人の暮らしは過酷なものだった。

表に出られない二人は、やがて食べるものにも困窮するようになり、以蔵は夜になるのを待って土佐の者たちを訪ね、借金を重ねるようになっていった。

しかし、土佐の者たちからもだんだん疎んじられるようになった以蔵は、やがて世の無情を嘆き酒に溺《おぼ》れていく。

「私たちは暗い小屋の中で抱き合って泣きました。薄情な世の中を忘れるために、お互いの身体をむさぼるように求め合って……」

そう告げて、すみません、はしたないことを申しましたときちは恥じらいをみせた。

ただ、佐那様には私の、女の気持ちを分かってほしくてと、きちは言葉を添える。

「ええ、分かります」

佐那は頷いてみせた。

龍馬に死なれて何もかも雲散霧消した自分が、あの菊次郎に心の中の空洞を埋めることができぬものかと身をゆだねた時の心境と重なったのだ。

「やがて一銭の銭も無くなってしまって、私、以蔵さんに内緒で五条の女郎屋に身を売ったんです」

きちは言って苦笑した。

すると今度は弥兵衛が話を繋いだ。

「おきちさんは以蔵さんの借金を返し、残った金を寺に届けていたのです。それを知った以蔵さんは、おきちさんの身請けの金を手に入れるために、京の商家に押し入ったんです。それが以蔵さんの運の尽きとなってしまいました。以蔵さんは捕まって土佐藩に引き渡され、唐丸籠で土佐に運ばれて投獄されました。厳しい取り調べの末に打ち首になったのは慶応元年五月のことだったと聞いています」

「そうだったのですか……」

佐那は、千葉道場にやって来た時の以蔵を思い出している。

「佐那様、坂本様はその事を知ってですね、私におきちさんを助け出してくれないかと言ってきたんです。それで私が坂本様にかわっておきちさんを身請けした次第……」

弥兵衛は言って、恐縮しているきちの顔を見る。

きちは今、この高瀬川の近くの味噌屋で下働きをしているというのだった。

「もう東京には帰らないのですか?」

佐那が訊くと、きちは大きく頷いて言った。

「東京に帰ったって縁者がいる訳ではございません。あの店を手放す時に、長屋の連中は笑ってこう言いました。あんな男に関わっては不幸になるだけだって……私、確かに苦労はしましたけど不幸ではありませんでした。以蔵さんには愛情をいっぱい貰いました。最期には命を懸けて私を身請けしようとしてくれたんです。私、以蔵さんの女でいた事を幸せに思っています。だから以蔵さんと暮らしたこの京で死ぬまで暮らします。東京に向かって叫びたいです。私は幸せだったぞって」

きちは笑うと、胸元から一枚の紙と、布に包んだ石ころを取り出して見せてくれた。

石ころは、うずらの卵よりひとまわり大きい物だが、

「これは以蔵さんが土佐の海で見つけたものらしいんですが、ほら、だるまに似てるでしょう？　七転び八起き、最後は幸せになれる石だから、お前にやるってくれたんです」

佐那の掌に載せてくれた。

確かにだるまだと思えば思えないことはない石だった。

「そしてこの句は、以蔵さんが処刑される時に詠んだものだそうです。辞世の句です。これは土佐の人から教えてもらって書き付けているものです」

きちは今度は色褪《いろあ》せた紙につたない筆で書き付けた句を見せてくれた。以蔵は死を前に、こう詠んでいた。

君が為　尽くす心は　水の泡　消えにし後は　澄み渡る空

師と仰ぐほどの人だった武市半平太への最後の叫びだと佐那は思った。

二

この日、京の町は春の霞《かすみ》に包まれていた。

京都の書林吉野屋が安永九年に刊行した『都名所図会』の高台寺《こうだいじ》紹介の説明文には、

『当寺は大木の桜、数株ありて、妖艶たる花の盛りは園中に遊宴を催し……』

とあるように、洛中洛外の多くの寺院が種々の桜を植えている。

東山にある霊山護国《りょうぜんごこく》神社裏にある坂道から振り返って京の町を望むと、あちらこちらの寺院に満開の桜が見えた。

――こんなに見晴らしの良いところだったなんて、龍馬様も毎年京の桜を眺めていらしたのかしら……。

佐那は京の町を一望し、往時の都の雅《みやび》な賑わいを想像した。

今日佐那は、龍馬の墓参りに一人でやって来た。

弥兵衛が案内を買って出てくれたが、今日だけは一人でお参りをしたかった。明日は東京に戻らなければならない。

だからこそ龍馬と二人で、ゆっくりと時間を過ごしたかったのだ。

兄の重太郎は昨年の暮れ、京都府知事の北垣国道に請われて、新たに建設した『演武場』の取締に就任し、東京に暮らしていた妻も呼び寄せて京で暮らすことになっている。

佐那もしばらく京都で灸治でも生業《なりわい》にして暮らしてみようかと思っていたのだが、学習院の舎監《しゃかん》をやらないかという誘いがあった。

学習院は明治十年に『華族会館』の尽力で東京に設立した学校だが、佐那に舎監をという話になったのは、かつて薙刀を教えに通っていた宇和島藩の藩主だった伊達宗城の推薦だったようだ。

随分と時間が経っているのに佐那の事を忘れずに声を掛けてくれた伊達宗城に佐那は深く感謝した。

——ここから新しい出発にしたい……。

龍馬の墓参りには、そういう意味も含まれている。

しかも今日が最後の墓参りになるかもしれないと、佐那は龍馬の墓を探しながら一歩一歩踏みしめて墓地の坂を上って行く。

佐那は風呂敷包みを抱えていた。滞在している東の家で作った弁当と、酒屋で買い求めた酒が入っているのだった。

どれほど上っただろうか、見渡す限り墓石が所狭しと立っていて、龍馬の墓が見つけられるか不安になった。

なにしろここには維新で命を落とした志士のうち、千四百十三名が祀《まつ》られていると聞いている。圧倒される墓石の数に、佐那はたびたび足を止めて見渡した。

それでもまだ龍馬の墓は見えてこなかった。

不安になりながらも息を切らして上っていくと、

「あった……」

龍馬の墓と慎太郎の墓が並んで見えてきた。

佐那はまず墓の廻りに落ちている枯れ葉を取り除いた。そして、袂から手ぬぐいを取り出して、近くでちょろちょろ出ているわき水でぬらし、墓石を丁寧に拭いた。

ひやりとした冷たい石だが、これが今の龍馬だと思うと愛しさがこみ上げて来て胸が締め付けられる。

あふれ出ようとするものを抑えに抑えて、中岡慎太郎の墓石も拭き、持参した弁当と酒を供え、長い間手を合わせた。

――龍馬様、やっとお会いできました……。

私を置き去りにして逝ってしまったあなた……憎らしいあなた……今日だけは、あなたと呼ばせて頂きます。

あなたには申し上げたいことが山ほどございました。でも、京に参りまして、あなたの足跡を巡っているうちに、私、あなたを許せるようになりました。

だって私も、あなたを責めることはできませんもの。

あなたとお別れしてから、私がどのような暮らしを送ってきたのか説明しなくてもご存じですよね。

ですから今日限り、あなたに恨み言は申しません。すっぱりと前を向いて暮らして参りたいと思っています。

だって私には、桔梗紋の入ったあなたの魂が宿った袖があるのですもの。

あの袖は、私が命を閉じる時には私の魂を載せて、あなたの所に運んで下さるに違いありません。

佐那は祈りを終えると、供えた弁当を開き、龍馬の墓と慎太郎の墓にも卵焼きやかまぼこを供えた。

「たくさん召し上がって下さい。私も今日は一緒にいただきます……」

そう告げた途端、ぶわっと双眸から涙があふれ出た。

——泣かない……そう決心してきたのに……。

「お酒も存分に……」

佐那は震える声で言い、龍馬の墓と慎太郎の墓に酒を掛けた。

その時だった。

佐那の耳には、幾千、幾万もの命を懸けて斬りかかっていく志士たちの怒号が聞こえて来た。

「わあ〜！」

佐那は、はっとして辺りを見渡した。

右も左も坂の上も坂の下にも、佐那の知らない無名の戦士の魂が林立している。その柱のひとつひとつ、墓の中から無名の志士が叫んでいるのだった。

声は悲痛だった。泣いているようにも聞こえる。

まぼろしの声の中に浮かび上がる志士たちの姿は、
希望の持てる世にしたいと浪人となって戦う下級武士の姿であり、
親や家族を国に置き去りにして戦いに参じた田舎侍の姿であり、
町人百姓でありながら戦いに参列した志士の姿であった。

いずれも若い。人生はこれからだと思える若くて勇敢な男たちだった。その者たちが血を流しながら叫んでいる。

――ああ……。

佐那は顔を覆ってそこにひざまずいた。

全国津々浦々、どれほどの若い命が維新のために戦い、亡くなっていったのだろうか。

生き残った者たちは、この御柱の、墓の叫びを忘れてはいけないのではないだろうか。

佐那はしばらくしてから、ようやく立ち上がった。

そして京の町を眺めた。

佐那の頬を春の風が撫で、背後の山肌の木々の葉を鳴らしていく。

「みなさまもご一緒に！」

佐那は叫んで、残りの酒をふあっと宙に撒《ま》いた。

するとその時強い風が吹き、辺り一面に佐那が撒いた酒のしずくを運んで行った。

佐那は龍馬の墓石の側に、並んで座るように腰を下ろした。

そして京の町を彩る桜の群生に目を走らせた。

龍馬と見る最初で最後の花見だった。

千葉の灸

一

佐那はこの日、三冊目の日記も読み終えて閉じた。

今日は里幾や勇太郎、それにはま夫婦も、名残の桜を観るために出かけて灸治院は休みになっている。

女中のつねも下男の松蔵も里幾たちに付いて行ったから、灸治院に残っているのは、佐那と女中のふみの二人だ。

佐那は大きく深呼吸をして、首をぐるりと回してから立った。

昨年の秋から夜を継いで日記を読んできた。今は新しい春を迎えて暦は四月十五日となっている。微かな疲れと深い感慨が佐那の心にはあった。

佐那は下駄を履いて中庭に出た。

中庭の一画には菊の芽が群生している。この菊は、桶町の家の庭から横浜の家の庭に、そして学習院の庭の片隅からこの千住の灸治院の家にまで運ばれて根付いているものだ。

過ぎし日に、龍馬の手で佐那の髷に挿してくれた、あの菊の若芽であった。

そしてこの庭には、隣家との境の塀を跳び越えて遅咲きのしだれ桜の枝が流れて来ている。桜の枝は手を伸ばせば届くところにあった。八分咲きで、まだ一週間は散ることはないと思った。

桜の花には昔から愛着があったが、龍馬の墓参りをした時からいっそう佐那にとっては特別な物になっている。

そう……今読み終えて閉じた三冊目の日記の頁も、丁度この桜の季節から始まっていた。

明治十五年、龍馬の墓にお参りして東京に戻ってからの日記である。

京から戻った佐那は、学習院の舎監として暮らしていた。

舎監と言ってもただ学生を見守るだけが仕事ではなかった。このところの体育向上の流れの中で、武道における立ち居振る舞い、また北辰一刀流薙刀そのものを伝授する職務も兼ね備えていた。

学習院に勤務すること三年余、日々若い娘たちと交わることになった佐那は、本来の自分の明るさを取り戻していた。

学習院時代には忘れられない出来事もあった。

宿舎の女学生たちが、ある日のこと『汗血千里駒《かんけつせんりのこま》』という本を手に佐那の部屋にやって来た。

この本は、板垣退助が興した自由民権運動に身を投じた坂崎紫瀾《さかざきしらん》という人物が書いた新聞小説が単行本になった本だった。

「先生、この本に書かれている千葉道場の周作の娘光子《みつこ》という女性は、本当にいらしたんですか……なんでもこの本の中では坂本龍馬と恋仲だったと書かれています」

学生は佐那が北辰一刀流の千葉家の者だと知って興味津々訊いてきたのだ。恋多き年頃の女学生の目は、佐那を熱い目で見詰める。

「いいえ、千葉周作に光子という娘はおりません。おそらく私が晃子という名で和歌を詠んでおりましたから、それから名をとったのだと思います」

するとすかさず女学生たちは目を輝かせて、

「えっ、では、佐那先生がもしかして……」

質問した女学生は、友達と顔を見合わせて、ふふふと笑って期待の顔を佐那に向ける。

佐那は笑って頷いた。

「えぇ～！」

女学生たちの間にどよめきが起こった。

佐那は自分が龍馬と許嫁だったと告げ、女学生たちに桔梗紋の袖を見せたのだった。

「素敵……なんというお話でしょうか」

「私たちも佐那先生のような恋をしたい……」

ひょんなことで羨望の目を向ける女学生に、佐那は昔の自分の心のときめきを見たような気がしていた。

学習院での思い出といえば、もうひとつあった。

明治十八年の九月の事だ。

それまで学習院は男子部と女子部があったのだが、この学習院女子部が華族女学校になり、前年に学習院の第二院長に就任していた谷干城《たにたてき》が華族女学校の校長も兼務することになった時の事だ。

谷は儒学者で土佐の出身だった。

天保八年に儒学者の倅として土佐の窪川《くぼかわ》で生まれている。

維新前夜には倒幕に参戦し、戊辰戦争では板垣退助率いる小連隊の長として名を連ね、北関東、会津戦争で活躍した人物だった。

また、明治十年の西南戦争では薩摩軍の攻撃から熊本城を守り、政府軍の勝利に大いに寄与した文武両道の人だ。

その谷は、坂本龍馬とは二つ違いの年下で、板垣退助とは同年だったようだ。

谷は、尊敬していた坂本龍馬が新撰組に殺されたと信じ、戊辰戦争で進軍中に近藤勇を捕まえた折、近藤の切腹をけっして許さず、斬首にして京の三条河原にさらしたのも、谷と板垣の強い意志だったのだ。

その谷干城が、この時は教育改革を伊藤博文《いとうひろぶみ》に託されて、それで学習院に赴任してきていたのだった。

華族女学校の開校式には佐那も末席に連なったが、式には皇后陛下自らがお出ましになり雅な式典となったのである。

先年の明治十六年七月に完成した鹿鳴館《ろくめいかん》では、既に華族や伯爵の妻などは洋装に身を包んで舞踏会に出席していたが、この時皇后陛下はまだ洋服をお召しではなかった。

皇后は大御垂髪《おすべらかし》の髪に御五つ衣、御小袿《こうちぎ》、御袴姿で壇上に上られた。

多くのお付きの女官たちも髪は垂れ髪、小袖に袿、緋の袴で皇后に付き従っていて、宮中の女人の園がそのまま式典の場で再現されたようで出席した者は皆目を奪われた。

谷校長が皇后に式辞を述べられたが、奉書を頭の高さまで掲げられて読む姿は、谷校長の皇后を敬う心と緊張とが、如実に表れた風景だった。

式典が終わった翌日のことだった。

佐那は谷校長の部屋に呼ばれた。

「どうぞ、そちらにお座り下さい」

谷校長は、一介の舎監の佐那に丁寧な言葉で椅子に掛けるように促した。

恐縮して佐那が腰を掛けると、

「一度あなたと話をしたいと思っていました。あなたにこの学習院で会えるとは、これも坂本さんのお導きかと嬉しく思っています」

親しそうに谷は言ったのだ。佐那が驚いて見返すと、

「佐那さん、私は坂本さんが襲われたあの日に、近江屋にいの一番に駆けつけた者ですよ」

と谷は告げた。

ああそうだったのかと佐那は思った。近江屋で谷の名を聞かなかったのは、あの時いたたまれなくて直《す》ぐに飛び出してきたからだと気がついた。

「私もこちらにお世話になる前に京に参りました。近江屋さんを訪ねましたが、とても現場を正視することはできずに、すぐに失礼したのです」

佐那は答えた。谷は大きく頷き、そうでしょうとも、と言葉を添え、

「私も板垣さんも、あなたの存在は坂本さんから聞いていました。ところが、坂本さんはああいう目に遭って、維新になった。あなたはいかにお過ごしかと思っていたのです。そしたらこちらに舎監としておられると知って、私はほっとしました。何か希望があるようならば、なんでも遠慮なく言ってくだされればいい」

谷の言葉は手厚かった。

なにより佐那が嬉しかったのは、龍馬が佐那の事を、谷干城と板垣退助に話してくれていた事だった。

谷校長は、遠い昔の龍馬の話など懐かしそうにしてくれたが、佐那が部屋を辞する

時、

「坂本さんの偉大さは、あの時代を生きた者なら皆分かっています。佐那さんは坂本さんが示した『八策』は、ご存じでしょう……」

谷はまず佐那にそう言った。

龍馬が残した八策は、龍馬が亡くなったのちに、龍馬に恩を感じていた越前の由利《ゆり》公正《きみまさ》が書き付けた『御誓文』の下書きそのものだった。

由利はそれを土佐の福岡孝弟《ふくおかたかちか》に文章を見て欲しいと差し出した。福岡は龍馬が長崎から京に向かう船中で八策を起草し、後藤象二郎《ごとうしょうじろう》に渡すのに立ち合っていた人物だ。

福岡はこの時、由利が持って来た文章に、龍馬が船中で起草したものが全て盛られているのを確認し、文章を直し、さらにそれを木戸孝允《きどたかよし》に見せた。

木戸はこれを喜んで受け、更に文章を整えて成案としたのだと谷は言った。

龍馬の八策は、まぎれもなく『御誓文』となって内外に発布されたのだった。

「佐那さん、その八策の文言の中で『上下議政局を設け、議員を置きて、万機を参賛せしめ、万機宜しく公儀に決すべき事』という文言があるのですが、その文言は、板垣、後藤が民選議院設立の運動を始める礎となった言葉です。坂本さんは今も生きちょりますきに」

谷の熱い言葉は、最後は土佐弁で締めくくられた。

「ありがとうございます、良いお話を聞かせて頂きました」

佐那は頭を下げた。

「佐那さん、坂本さんが別れも告げず早々に死んでしまった事を許してやって下さい。坂本さんが命を懸けてやってきた事は、無駄にはなっておりませんきに」

谷千城の言葉は力強かった。佐那の胸を大いに満たした。龍馬の許嫁であったことを、これほど誇りに思った事はなかった。

翌年、谷は第一次伊藤博文内閣の初代農商務大臣として学習院を離れたが、佐那も舎監として勤務をこの時終えた。


この千住の地に『千葉灸治院』を開いたのは学習院を辞めてからだ。既に年齢は五十の坂を越えていた。

それから五年、この灸治院を訪ねてくる者は年々に増え、今では手がまわらないほど忙しい。

たとえば脳卒中や脚気などの病に罹《かか》った者は、手足が不自由になっても、それを治す医術はない。

そこで鍼《はり》治療や灸治に頼ることになるのだが、佐那の灸治院は特に良く効くという評判で、下町の者たちばかりではなく、豪商と言われる人たちや上流の人たちまで引きも切らないといった有様だ。

佐那は灸治の仕事に生き甲斐を感じていて、ここが終《つい》の棲家《すみか》だと思っている。

──人の人生は長いように思えるが、こうして日記で改めて辿《たど》ってみると、あっという間だったようにも思える。

自分の人生は龍馬を慕い続けた一生だった。だが佐那は、これで良かったと思っている。悔いはなかった。

佐那は大きく息を吸って空を仰いだ。

そして隣家からしだれてきている桜の花の一輪を摘み取ると、掌に載せて部屋に戻った。

その時だった。女中のふみが部屋に入って来た。

「佐那さま、お手紙です」

佐那は受け取って差出人を見た。甲府の小田切豊次となっている。

嫌な予感がして封を切った。

「！……」

この四月九日に夫小田切が四十七歳で命を閉じました——とある。

手紙の内容は、小田切謙明の訃報だった。


佐那が山梨の山深い峠の道を踏み越えて、甲府の小田切謙明の住居にたどり着いたのは、この年明治二十六年八月のことだった。

「まあ、遠いところをおいで下さいまして」

豊次は佐那の手をとるようにして出迎えた。

四月に夫の死を知らせて来た豊次は、その後も佐那に、夫が残した債務の処理に手を取られて苦心している旨書き綴ってきていたのだった。

——何か手助けは出来ないか……。

自由民権運動に身を投じたと聞いていた謙明の死は、佐那には人ごととはとても思えなかったのだ。

そこで佐那は灸治院を妹たちにまかせて、豊次を訪ねて来たのである。

豊次は佐那の来訪を喜んだ。やはり豊次も、佐那が坂本龍馬の許嫁だった事で、ひときわ親しみを持っていたのだ。

「お仏壇にお参りをさせて下さい」

佐那はまず仏壇に手を合わせ、ご仏前に持参した香典を供えた。

「夫もさぞや、佐那さんに来ていただいて喜んでいるものと存じます」

側で手を合わせる豊次の頬は、哀しみと疲労のためにそげ落ちていた。

「豊次さん、私、何かお手伝い出来ないものかと参りました。なんでもおっしゃって下さい。そして、少しお休みになって下さい」

佐那はそう告げると、小田切家の女中に敷布団を延べるように頼み、持参した荷物を解くと灸治の道具を取り出した。

「お休みになっていないんでしょう。このお灸をすえると、今夜はゆっくり休めますから……」

佐那はそう告げると、むりやり豊次を横にして、その身体に千葉の灸を施した。

「気持ちがいい……佐那さん、私、ずっと夫が亡くなってからいろいろとしなくてはいけない事が多くて、休む暇もなかったんです」

気丈な豊次が心境を吐露する。

「きっとそうだろうと私も思ったものですから……何でもおっしゃって下さいませ。私に出来ることがあればお手伝い致します」

佐那の言葉に頷きながら、

「不思議なご縁ですよね。私、昨年佐那さんにお会いした時から、なんだか他人のような気がしなくて……夫も同じ気持ちだったようです」

「ええ私も同じ思いです。龍馬様が命を懸けてやろうとした事と、小田切様が山梨県人のために奔走してきたことは、根っこは同じだと思っています」

佐那は、ゆっくりと立ち上る灸の煙の様子を見る。

豊次はくすくすと笑って言った。

「夫は、県民が、貧しい者たちが幸せを得るようにと民権運動に邁進《まいしん》し、私財を使い果たしてしまいました。佐那さん、ご覧の通り、屋敷にはもうお金になるめぼしいものはございません。でも私はこれでいいと思っています。夫を信じてついてきましたから……ほんとうにそれでいいのだと……本当に……」

次第に豊次は夢の世界に落ちていった。

すっかり眠ってしまったのを確かめて、佐那は女中を呼んで謙明の墓に詣りたい旨伝えた。女中は下男を呼んで言った。

「人力を呼んで下さい。こちらの千葉佐那様を『清運寺』にお連れして下さい」

四半刻後、佐那は清運寺の小田切家の墓地にいた。

花を供え、線香を上げ、手を合わせていると、住職が近づいて来た。

「これはこれは、東京からわざわざおいでになったとか……謙明さんもお喜びだと思います」

「千葉佐那と申します。惜しいお命をなくされたと、きっと山梨の皆様も哀しんでおられることかと存じます」

佐那が伝えると、

「さよう、謙明さんのような方は、もう山梨には現れないと思いますよ。私財をなげうって県民のためにさまざまな運動に身を投じ、また県内においては、いろいろと腐心して事業を興してきました。それら全て、自分の欲のためにやった訳ではないのです。民のために興した事業でした。多くの資産家が、維新後わが家の繁栄のために事業を興す中で、謙明さんは徹底して民のために働かれた、希有《けう》なひとです」

住職の言葉には熱が籠《こ》もっていた。

佐那は謙明の墓を見遣《みや》る。そして灸治院に豊次に支えられてやって来た時に、病人とは思えぬ熱弁をふるい、佐那が圧倒された事を思い出す。

「千葉佐那様でございますね。謙明さんが生前あなた様のことを、おっしゃっておりましたよ。坂本龍馬様の許嫁の方だったと……」

住職の言葉に、佐那は驚いていた。

「あなた様には是非、小田切謙明の生き様をお伝えしておきたい」

住職は本堂に佐那を案内すると、茶菓子を出し、小田切謙明の偉業を語った。

それによると謙明は、十九歳で青沼村《あおぬまむら》の名主になった折、町からやくざを無くそうと親分宅に殴り込みを掛けたのは有名な話であると。

維新を迎えると瞽女《ごぜ》や巫女《みこ》など貧しい者たちを救い出すために、当時県令として着任した藤村紫朗《ふじむらしろう》に直訴、感心した藤村は謙明を参事に迎えようとするが、

「吏属《りぞく》になるつもりは、さらさらない」

と言って断ったそうだ。この言葉は、この後の謙明の活動と姿勢に貫かれている。

明治九年には『補融社《ほゆうしゃ》』なるものを立ち上げて、安い利子で住民に営業資金を貸し出す業務を始めた。

しかしこれが後に、私欲を目的とした業務に変わったと知ると、自分の意ではないとして手放してしまうのだ。

三十歳を超えると山師となって南巨摩《みなみこま》郡の山中から石炭を掘り出す事業を始めるが、これも米国鉱山師から掘り続けることの危険性を突かれて中断。

甲府市内にマッチ製造工場を作ったり、『小田切物産局』という名で、洋酒や化粧品などの製造を始めるがこれらも失敗してしまう。小田切には事業を他人に任せてし

まう甘さがあり、それが失敗を繰り返していた。だから小田切謙明の資産は事業を興す度に減少の一途を辿ったのだ。

成功しているのは、甲府城近くに掘り当てた『海州温泉《かいしゅう》』ただひとつかもしれないという。

だが小田切は諦めるという事を知らない人間だった。

――なせば成る――。

それを実践するために、最後には政治の世界に身を捧げていく。

謙明の胸の中には、民衆の暮らしはいっこうに良くならないという怒りがあった。しかも重税を国民に押しつけて近代化を図ろうとする新政府を放ってはおけない、何か働きかけをしなければと思ったのだ。

遡《さかのぼ》ること明治元年東征軍甲府城入城の折、当時乾《いぬい》と名乗っていた板垣退助隊長が、武田信玄《たけだしんげん》の重鎮《じゅうちん》だった板垣信形《のぶかた》の子孫だと知り、謙明は深い感銘と尊敬の念を持っていた。

その板垣が『自由民権運動』を立ち上げたと知った時、迷わず参加する決心をしたのだった。

第三回の愛国者大会には、謙明は山梨から大坂まで出向いて参加したし、そののち板垣を甲府に呼んで演説会まで開いている。

板垣も甲府には格別の思いがあったようだが、以来謙明は板垣の手足となって奔走するのだった。

「謙明さんが亡くなられた時、板垣様からもお悔やみの言葉をいただいております。それほど二人の間で信頼は厚かった訳ですからね、謙明さんは板垣様が総理となられるとすぐに、自由党員となったのです」

「それで選挙にお出になったのですね」

佐那は言った。

「そうです。二度出馬しましたが、二度とも負けました」

住職は無念の顔で言った。

「原因はなんだったんでしょうか。民のためにそれほど走り回った方なのに……」

佐那は訊いた。

「お金がなかったからですよ。すっからかんになっていましたからね。私が知っている質屋は、小田切さんは家のお宝をどんどん運んで来る。そう言って心配していましたからね」

「大事な一票がお金で買われていたってことですね」

「そうです。金の力が当落を分けたんです」

住職はため息交じりに言い、山梨の選挙区は三つに分かれていて、定数は三人なのだと教えてくれた。

山梨全県民の人口はおよそ四十万人、そのうち選挙権があるのが三千八百人ほど。選挙権は直接国税納入額十五円以上の男子限定で、謙明の選挙区である第一区は（甲府市、西山梨郡、中巨摩郡、北巨摩郡）千九百人ほどが選挙権を有していた。

ところが選挙が始まると買収、供与、いくら金をばらまいてもお咎めなしだから、結局金のある者が勝者となる。

他の立候補者が人力や馬車で走り回って運動しているのに、謙明はわらじを履いて走り回っていたというのだから勝つ訳がない。

第一回の議員選挙では、謙明が得た票は二百八十七票、当選した八巻《やまき》という人は七百七十三票だった。

第二回目の議員選挙は、謙明は二百八十六票、当選した浅尾《あさお》という人は九百二十七票、次点の金丸《かねまる》が四百五十三票だったという。

住職はそこまで話すと、自虐的な笑みを湛えて、当時からこんな歌もはやっていましてね、そう言ってその歌を披露してくれたのである。

♪おだきりけんめい　いっしょうけんめい
　♪浅尾人力　金丸馬車で　小田切りゃ　わらじで苦労する

小田切は二度の選挙で落選を重ね、体調を崩して佐那の治療院に通って来ていたというのだった。

――謙明との巡り合いは、やはり何かに導かれたものだったに違いない。
本堂を辞した佐那は、もう一度謙明の墓に立ち寄ると、
――ご立派な一生だったと心より尊敬申し上げます……。
長い間手を合わせた。

二

佐那が豊次に連れられて桜町海州温泉に行ったのは数日後のことだった。
温泉が湧き出た場所には内湯旅館が建ち、一帯は町を形成して賑わっていた。
温泉場入り口には『海州大権現《ごんげん》』と幟《のぼり》を立てた謙明を温泉興業の神様として祀《まつ》った

祠《ほこら》があった。

「夫は断ったんですけれど、町の方たちが建てて下さったんです」

豊次は照れくさそうに佐那に言ったが、佐那は謙明がいかに町の人たちから頼りにされていたのかを知った。

「奥さん……」

豊次の姿を見ると、温泉の者はむろんのこと、町の者たちも走り寄って来た。皆一様に豊次を案じる顔である。

「小田切先生には大変お世話になりました。感謝の申し上げようもありません」

町の人たちに取り囲まれた豊次は、

「こちらの方こそ、これまで小田切を支えて下さって感謝しています」

一人一人に礼を述べる。

佐那と豊次はこの日温泉に浸かり、しみじみと越してきた暮らしを語った。

「謙明との暮らしは、明けても暮れても金策に走り回っていたように思います。でも私、謙明と一緒になったことを、これっぽっちも不満に思ったことはございません。夫と結婚していなかったら、佐那さんにもお目にかかれませんでしたもの。私は幸せだったと思っています」

豊次は言った。

「私も、ご夫婦にお会いできて幸せでした。なんだか他人のような気がしなくて……」

佐那も応える。

二人の間には、二人にしか分からない絆が生まれていた。それは龍馬と謙明に共通する、身を捨てても民衆の為に立ち向かった志士の姿に寄り添った者だからこそ分かる感情かもしれない。

「豊次さんには娘さんがいらっしゃる。私にも先年養子にした勇太郎がいます。お互い少し身辺が落ち着きましたら、どこかにゆっくりと旅行にでも行きたいですね」

佐那は言った。

「本当に、そういたしましょう。約束ですよ」

豊次も弾んだ声で言う。

何気なく言った言葉だったが、二人はこれまでにない自分自身の楽しみを探す気持ちになっていた。

『峡中日報社』の山本節と名乗る人物が佐那を訪ねてやって来たのは、明日は東京に戻ろうかと思っていた八月二十一日の事だった。

玄関でその意を受けたのは豊次だった。佐那の意向を聞いた上で、豊次は山本を奥座敷に上げた。

奥座敷には絨毯《じゅうたん》が敷いてある。その上に座布団まで敷き、たばこ盆まで豊次は勧めるので山本は恐縮して座った。

突然のことで、佐那は髷も無造作に結った姿で、白地の単衣《ひとえ》に黒繻子《くろしゅす》の半幅帯をきゅっと締めて山本記者の前に出た。

「お初にお目に掛かります。実は坂本龍馬氏の許嫁だった方が小田切家にお見舞いにみえたとお聞きして、それならば是非にも、坂本氏のことなどお話を願えないものかと存じまして……」

山本記者はこちこちになって訊く。

「お気に召す話が出来ますかどうか、もう遠い昔のことですから……」

佐那はことさらに明るく応えた。

「ありがとうございます。小田切先生が板垣閣下とお親しいということは、山梨県人ならば知らぬ者はおりません。ですが、かの坂本龍馬氏の未亡人ともご懇意だったとは、こりゃあ山梨の者たちばかりか、全国の皆さんだって驚きますよ。どんな方でいらっしゃるのか興味は大いにある筈です」

山本記者は興奮気味に言い、鉛筆を何度も舐《な》めた。

佐那は山本記者が「未亡人」と言った言葉が少し気になった。結婚はしていなかったから未亡人ではないのだが、いちいち取り消すのもと思って苦笑した。

山本記者の取材は一時間余に及んだ。

佐那は訊かれるままに、龍馬と初めて出会った頃から許嫁となった頃のことまで、またその後の混乱の中で生きてきた学習院時代、現在の灸治院のことなど話した。

ただ、山口菊次郎と結婚した事は話さなかった。そのことは豊次にも話していないことだった。隠すつもりではない。思い出すのも嫌だったからだ。

この記事の内容は、佐那が東京に戻った後に知ることになるのだが、山本記者は佐那についておおよそ次の様に書いていた。


坂本龍馬氏は海南奇傑《かいなんきけつ》の士なり。彼れは維新の風雲に際会し、土州の郷土より身を起《おこ》し、光芒腰間《こうぼうようかん》の秋水《しゅうすい》と共に北斗を衝く底の気魄《きはく》を鼓《こ》して天下の名士と翻江攪海《ほんこうかくかい》の手腕を揮《ふる》ひ、旋天斡地《せんてんあっち》の偉業を画せんとせしも、中途蹉蛇《ちゅうとさた》遂に其《そ》の俠骨《きょうこつ》を頑迷《がんめい》なる幕士の凶刃に委《い》して霊山苔冷《れいざんこけひやや》かなる辺に永眠の客となれり。

而《しか》して彼が生きたる紀念として今日までも遺《のこ》せるは其の許嫁の夫人千葉サナ女史な

りとす。
サナ女史今回其の知己たりし我峡《わがきょう》自由党の労将亡小田切謙明翁の墓に展し、かつ其の家の家政整理を幇助《ほうじょ》せんが為め、単身険《けん》を踏んで入峡せられぬ。アア人情軽薄紙より薄く塵《ちり》より軽きの時、女史、其苔下《そのたいか》の知己に酬《むく》いんため単身百里を遠とせずして来る。（中略）
女史は年齢五十又六を加ふと。されども女史の肉は肥へたり。肉色は澤々《たくたく》たり。額上未だ一波の皺を生せず。鬢辺亦一茎《びんぺんまたいっけい》の白《はく》を留めず。加ふるに挙止言語快にして括。之を以《もっ》て一見すれば女史の齢はその齢より十五乃至《ないし》二十以下に在るものの如し。顔は長面《ながおもて》にして鼻筋は通り、口元は締れり。額の狭きは其の幸福の少なきを示し、眼の威容あるは其の年少より武道に折肱《せっこう》せるを證《しょう》せり。（以下略）

明治二十八年八月十五日、千葉の灸治院は悲しみに包まれていた。

甲府の小田切家に赴いたのは二年前の夏のことだが、あろうことかこの夏には、佐那の養子だった勇太郎が突然亡くなったのである。

　勇太郎は妹里幾の息子だった。もう一人里幾には次郎《じろう》という息子がいたのだが、先年灸治院の金庫から八百五十円もの大金を持ち逃げして行方が分からなくなっている。

この頃の物価は饅重なら三十銭、白粉《おしろい》は十五銭前後、帝国ホテルの宿泊費でさえ五円の時代だ。巡査の給料だって九円、小学校教師の初任給は八円である。

八百五十円は、佐那にとっても灸治院にとっても大金だったのだ。

里幾の夫で勇太郎と次郎の父親は、西南戦争で抜刀隊として参加し深手をおって自害している。それだけに佐那は、里幾と子供たちには出来うる限り尽くしてきた。

次郎の裏切りには残念としかいいようがなく、豊次と旅行に行くどころではなかったのだ。

ところがここにきて勇太郎を失ってしまった。勇太郎は頭も良く、品行方正で剣術の稽古も熱心だった。佐那の気に入りだったのだ。

たった一人の養子を失っては万事休す、佐那は希望を失ってしまった。

佐那は葬儀が終わると、灸治院を三日間休みにした。

一人で考えたかった。人を頼らず自分一人でやらなければならない事が多々あった。

もう養子はとらない。子供のいない自分は、灸治院の行く末のことも含め、とりわけ自分の始末はどうするのか、人に迷惑を掛けずにこの世を去るには、何をしておかなければならないのか。

亡くなった兄には子供もいるが、その人たちを頼ることも今更出来ない。五十八歳という年齢を考えれば、今自分がやるべき事は、人に迷惑を掛けずに身の始末をする事だと思った。

佐那は漠然と庭に目をやりながら縁側に座り続けた。

夏の盛りはまもなく終える。庭の一角に菊の茎が長く伸びて蕾《つぼみ》をつけている。

――この菊だけが私を見続けてきてくれている……。

と佐那は思った。

庭に塀の影が伸び、日の陰りが部屋の中まで侵入して来たのを見て、佐那は立ち上がって部屋に戻った。

まっすぐ押し入れに進んで戸を開けた。

目の前に龍馬の袖が入っている文箱が見えた。

佐那は手に取って一拍か二拍迷った。だが、心を決めて文箱は押し入れの中に置いた。

次に娘の時代から書き綴って来た日記三冊を取り出した。

今度は決心した顔で、それを胸に抱いて部屋を出、庭に下りた。

次に庭の石を拾い集めて円を描くように積み上げると、まず一冊目の表紙を破り取って円の中に入れ、マッチを擦って火を付けた。

薄闇になった庭に炎が上がる。勢いよく白い煙が上って行く。

「…………」

燃えていく日記を見詰める佐那の顔が炎の赤に染まっていく。

佐那は、一枚が燃え切るとまた一枚破り取って火に投じていく。

「佐那様！」

庭の異変に気づいた女中のふみが走って来た。だが、次の瞬間佐那の様子に息を呑んで立ち尽くした。

ふみには佐那の顔が、何かに取り憑《つ》かれたように見えている。

ふみが見守る視線の先で、佐那は無言で次々に日記を火に投じていく。

佐那は心の中で呟いていた。

――思い出が消えていく……。

龍馬と会った時の佐那の心のときめきも……。

会えぬ龍馬に苛立ちを隠せなかった自分に戸惑う女の心も……。

そして龍馬の死を告げられた時の慟哭《どうこく》と失意の姿も……。

自分の人生から消し去ってしまいたいと思った山口菊次郎との忌《い》まわしい暮らしも

……。

更に学習院の暮らしと谷干城の言葉を書いた頁も、小田切謙明と豊次夫婦との温かい交遊の頁も……。

皆炎に焼かれて、白い煙となって雲散霧消していった。

佐那は全ての日記を焼き尽くし、灰の中の燠火《おきび》も消え、微かな風に紙の形をした灰がゆらゆらと揺れるのを確めてから、よろよろと立ち上がった。

この時佐那は、一年後に自分がこの世を去るとは夢にも思っていなかった。何か神仏に導かれるように、日記の全てを焼き捨ててしまったのだ。

佐那の死

翌年十月十九日、佐那の葬儀が行われ、遺体は谷中の墓地に運ばれて土葬された。

佐那は十月に入ってまもなくのこと、早朝起き上がってまもなく突然倒れた。

すぐに医者を呼んだが、

「狭心症ですな。昨年亡くなられた勇太郎さんと同じです」

そう告げられたのだった。

そういえば近頃、佐那は肩こりが酷《ひど》いなどと訴えていたが、本人も妹のはまも、疲れではないかと思っていた。

「親しい人がいるのなら会わせてあげなさい」

医者はそう教えてくれたが、佐那は倒れて三日目の、十月十五日に息を引き取った。昔佐那の世話をしてくれた女中のなつと、小田切謙明の妻豊次には、医者から病状を聞いたその日に、はまが電報を打った。

なつは佐那の最期に間に合ったが、豊次は亡くなってから到着した。

佐那の棺桶に何を入れてやるか、はまたちは悩んだようだが、なつの助言を受けて、宇和島藩の正姫から貰った櫛を髪に挿してやり、佐那が気に入っていた着物の一枚を遺体に掛けてやった。

はまは、父定吉が佐那に贈った懐剣も入れてやった。

「待って下さい」

なつは庭に飛んで行くと、咲き誇っている菊を、一本一本摘んでいく。

――佐那さま……。

なつの双眸から涙がこぼれ落ちる。

両手一杯に菊を摘むと、なつは佐那のもとに戻って来て、皆の手に菊の花を渡し、佐那の遺体を菊の花で埋めるよう促した。

「この菊の花は、桶町からずっと持ってまわって植えてきた菊です。龍馬様との思い出の菊です」

菊の花で飾ってもらった佐那の顔は、微笑《ほほえ》んでいるように見えた。まだ皺ひとつないような美しい顔立ちの佐那は、死んでしまったとは思われない。生きて眠っているように見えた。

「綺麗よ、お姉様……」

はまが泣く。皆も泣いた。

佐那の葬儀はしめやかに行われた。

灸治院に戻って精進落としの食事を囲んでいる時だった。

「うっかり忘れていました。どうしましょうか」

女中のふみが、押し入れからあの文箱を出して来たのだ。

「佐那様がとても大切にしていた文箱です」

「ふみさん、見せて……」

声を掛けたのは、なつだった。

なつは、ふみから文箱を受け取って蓋を開けた。

「あっ……」

思わずなつは声を上げた。

文箱の中には、桔梗紋の袖で包むようにして遺髪があったのだ。遺髪は艶《つや》のある黒髪で、真ん中を幅一寸ほどの美濃紙で巻き止めていた。

「この遺髪は、佐那さんのですね」

豊次がしみじみと言う。

「ええ、でもいつご自分の髪を切って、ここに入れていたのでしょうか……」

なつは佐那の想いを思い出して涙を流す。

「お姉さまはこれをお棺に入れてほしかったのではないかしら……とても大切にしていたのに、私もうっかりしていました」

途方にくれるはまに、

「はまさん、そのお品、私に預けていただけませんでしょうか。佐那さんの形見分けとしてお願い致します」

豊次が願い出た。

「袖と遺髪をですか……」

はまが怪訝な顔で聞き返す。

「はい。私、その袖と遺髪を拝見して、佐那さんの長年の想い、よくよく分かります。佐那さんは龍馬様の許嫁でした。でもひとときでもいい、龍馬様の妻になりたかったのではないかと思います。佐那さんの長年の想いを成就させてあげたいのです」

するとなつも願い出た。

「私からもお願いします。豊次さんにお預け下さいませ」

一ヶ月後、甲府の清運寺の小田切家の墓地には、豊次と住職の姿があった。

豊次は、珍しい優雅な形の自然石の墓石の前で手を合わせていて、住職が祈りを捧げている。

その墓石の正面には『千葉さな子墓』と刻印してあるが、墓石の裏側には『坂本龍馬室』と刻んである。

墓石の下に埋葬されているのは、佐那が遺した龍馬の袖と佐那の遺髪である。

この日は小春日和《びより》だった。吹き抜ける風も優しかった。

――佐那さんが喜んで下さっている……。

豊次は墓石を微笑んで見詰めた。

【参考文献】

「特別展覧会　没後150年坂本龍馬」図録
「歴史読本ライブラリー　坂本龍馬歴史大事典」　歴史読本編集部　新人物往来社
「クロニクル坂本龍馬の33年」菊地明　新人物往来社
「龍馬史」　磯田道史　文藝春秋
「山国隊と千葉重太郎——山国隊取締・藤野斎の手記『征東日誌』を読む」宮川禎一「歴史読本」
二〇〇九年九月
「再考寺田屋事件と薩長同盟　龍馬の手紙に見る幕末史」　宮川禎一　教育評論社
「目撃された千葉佐那——幕末の名君・宇和島藩主伊達宗城との知られざる接点」　宮川禎一「歴史
読本」二〇一〇年四月
「「霧島山登山図」は龍馬の絵か？　幕末維新史雑記帳」　宮川禎一　教育評論社
「坂本龍馬からの手紙」　宮川禎一　教育評論社
「千葉の名灸」　毎日新聞　明治三十六年八月七日〜一一月二五日掲載
「日本の100人　坂本龍馬」　第四号　デアゴスティーニ・ジャパン
「値段史年表　明治・大正・昭和」　週刊朝日編　朝日新聞社
「明治時代館」　小学館
「小学館版　江戸時代新聞」　大石学　小学館
「かわら版新聞　江戸・明治三百年事件」Ⅰ・Ⅱ・Ⅲ・Ⅳ　平凡社

「江戸の瓦版　庶民を熱狂させたメディアの正体」　森田健司　洋泉社
「切絵図・現代図で歩く　江戸東京散歩」　人文社編集部　人文社
「時代を変えた幕末英雄と組」「歴史読本」二〇一一年一月　新人物往来社
「薩長同盟・幕長戦争：薩長同盟・幕長戦争一五〇年」図録　坂本龍馬記念館
「高知城下町読本」土佐史談会　高知市教育委員会社会教育課編　高知城築城四〇〇年記念事業推進
協議会
「江戸一〇万日全記録」　明田鉄男編　雄山閣
「竜馬がゆく」全五巻　司馬遼太郎　文藝春秋
「わが夫　坂本龍馬　おりょう聞書き」　一坂太郎　朝日新聞出版
「龍馬の妻」　阿井景子　ちくま文庫
「龍馬のもう一人の妻」　阿井景子　毎日新聞社
「汗血千里の駒　坂本龍馬君之伝」　坂崎紫瀾／作　林原純生／校注　岩波書店
「龍馬・元親に土佐人の原点をみる」　中城正堯　高知新聞総合印刷
「竜馬が惚れた女たち」　原口泉　幻冬舎
「坂本龍馬の真実」　一個人特別編集部　KKベストセラーズ
「土佐四天王読本」　岩崎義郎　リーブル出版
「谷干城のみた明治」図録　高知市立自由民権記念館
「板垣退助愛蔵品展―〝板垣死ストモ〟時空を超えて―」自由民権記念館
「近代山梨の光と影」　福岡哲司　山梨日日新聞社
「郷土史にかがやく人々　小田切謙明」飯田文弥　青少年のための山梨県民会議

「山梨県の百年」 有泉貞夫編 山川出版社
「甲府の歴史」 坂本徳一 東洋書院
「小田切海洲先生略伝」 蘆洲村松志孝編 海洲小田切謙明先生頌徳会
「続・甲州庶民伝」 ＮＨＫ甲府放送局編 日本放送出版協会
「史伝板垣退助」 絲屋寿雄 清水書院
「図説 戊辰戦争」 木村幸比古編 河出書房新社
「幕臣たちは明治維新をどう生きたのか」 樋口雄彦 洋泉社
「江戸東京の明治維新」 横山百合子 岩波書店
「生きづらい明治社会――不安と競争の時代」 松沢裕作 岩波書店
「学習院」 浅見雅男 文藝春秋
「江戸の飛脚 人と馬による情報通信史」 巻島隆 教育評論社
「新なぎなた教室」 全日本なぎなた連盟編 大修館書店
「日本の剣術」 歴史群像編集部編 学習研究社
「絵葉書に見る交通風俗史 明治・大正・昭和初期の乗り物原風景 平原健二コレクション」 原口隆行編 ＪＴＢ
「ビジュアル 日本の服装の歴史3 明治時代～現代」 難波知子著 増田美子監修 ゆまに書房
「日本服飾史 女性編」 井筒雅風 光村推古書院
「日本の髪型―伝統の美 櫛まつり作品集」 京都美容文化クラブ
「両から円へ 幕末・明治前期貨幣問題研究」 山本有造 ミネルヴァ書房
「京の名所図会を読む」 宗政五十緒編 東京堂出版

「龍馬の金策日記―維新の資金をいかにつくったか」　竹下倫一　祥伝社
「龍馬の婚約者さな結婚？」　高知新聞　二〇一〇年七月三日（夕刊）
「足立史談」　第399、506、508、514、515、516号　足立区立郷土博物館内足立史談編集
「近時新聞」　第10、12、16、20、23、24号　京都龍馬会
「龍馬タイムス」　104号　東京龍馬会

【取材協力】（敬称略）
宮川禎一
岩﨑義郎
あさくらゆう

解説

細谷正充

今なお人気の高い幕末の志士・坂本龍馬には、人生を彩る三人の女性がいた。姉の乙女、許嫁《いいなずけ》の千葉佐那、内妻のお龍だ。本書はその中の、千葉佐那を主人公にした歴史長篇である。北辰一刀流千葉道場の主《あるじ》・千葉定吉の二女として生まれた佐那は、剣術・槍・薙刀《なぎなた》・乗馬のいずれも免許皆伝の女剣士。物語は十九歳の佐那が、広尾にある伊達宇和島藩下屋敷で、先代藩主の七女・正姫に稽古をつける場面から始まる。彼女は、正姫と八女の節姫の薙刀指南として召し抱えられているのだ。気持ちの通じ合う正姫との稽古も終わり、下屋敷を後にした佐那は、飄々《ひょうひょう》とした風体《ふうてい》で現れた愛しい男――坂本龍馬の胸に飛び込んで行こうと走り出した……ところで場面は暗転。実は冒頭の光景、『千葉鍼灸院』を営む五十五歳の佐那が見た夢であった。

と、ここまで読んで私が思い出したのは、ダフネ・デュ・モーリアの『レベッカ』の書き出し、「ゆうべ、またマンダレーに行った夢を見た」（茅野美ど里・訳）である。

アルフレッド・ヒッチコック監督の映画でも知られるこの作品は、貴族のマキシムの後妻に迎えられた〝わたし〟が、先妻のレベッカの存在感が色濃く残るマンダレー邸で、さまざまな恐怖と疑惑に苛《さいな》まれる、ゴシック・ロマンの傑作だ。ヒロインの回想からストーリーが始まるので、一連の騒動はすでに過去のことである。しかし、過去は長い尾を引く。なにもかも終わった後でも、過去を忘れられない〝わたし〟が幸せになれるとは思えない。そのことをデュ・モーリアは、書き出しの一文で表明したのではなかろうか。

では、やはり過去を忘れられないでいる、本書のヒロインはどうなのか。この点に踏み込む前に、まず作者の経歴を簡単に記しておこう。シナリオライターとして活躍していた藤原緋沙子は、二〇〇二年、文庫書き下ろし時代小説『雁の宿 隅田川御用帳』で、作家デビューを果たした。江戸深川にある駆け込み寺「慶光寺」の門前で、縁切り御用を承《うけたまわ》る宿屋「橘屋」の女主人・お登勢《とせ》と、彼女に見込まれた浪人の塙《はなわ》十四《じゅうし》郎《ろう》が、人情味豊かに活躍する物語は人気を集め、すぐにシリーズ化された。その一方で、「橋廻り同心・平七郎控」「藍染袴《あいぞめばかま》お匙帖《さじちょう》」「渡り用人 片桐弦一郎控」「切り絵図屋清七」など、多数のシリーズを抱え、文庫書き下ろし時代小説の一翼を担った。二〇一三年には歴史時代作家クラブ（現・日本歴史時代作家協会）が主催する、第二回歴史時代作家クラブ賞のシリーズ賞を「隅田川御用帳」シリーズで受賞した。また、二〇一五年の『番神の梅』から、歴史小説にも本格的に取り組むようになった。二〇一九年七月に徳間書店から、書き下ろしで刊行された本書『龍の袖』も、その一冊である。

　物語のほとんどは、佐那の視点で進む。土佐から千葉道場にやって来た坂本龍馬と、出会ってそうそうに試合をする佐那。引き分けになったが、彼女には不満が残った。その後も千葉家に顔を出す龍馬と、仇討《あだうち》騒動などを通じて親しくなっていく佐那。互いに憎からず思っているふたりだが、土佐藩を脱藩して浪人となった龍馬は、夫婦になることを諦《あきら》めようとする。しかし定吉から問い詰められ、心情を吐露《とろ》。これにより千葉家に認められ、晴れてふたりは許嫁になった。激しい勢いで変わっていく時代の空気を感じながら、国事に奔走《ほんそう》する龍馬を佐那は待つ。だが、龍馬が京で暗殺されたとの報を受け、彼女は絶望するのだった。

　というのが、全体の三分の二までの粗筋《あらすじ》だ。大らかで飄々としている龍馬。勝気な女剣士の佐那。作者は、膨大《ぼうだい》な史料や物語で形成されたふたりのイメージを、大きく変えることはない。それにもかかわらず本書は新鮮な気持ちで読めた。キャラクターが生き生きと描かれているからだ。ヒロインの佐那も、彼女が惚《ほ》れた龍馬も魅力的。龍馬が北辰一刀流薙刀兵法皆伝を定吉から与えられ、千葉家での祝いの席でよさこい節を歌う場面などは、あまりにも幸せな空気に満ちており、意味もなく涙ぐんでしまった。それほど、ふたりに感情移入してしまったのである。

また佐那と龍馬だけでなく、さまざまな夫婦やカップルが登場している点も見逃せない。佐那を姉のように慕っていた正姫は、肥前島原藩の松平忠精に嫁ぐが、半年も経たずに死別した。晩年の佐那と交誼《こうぎ》のあった小田切謙明と妻の豊次は、もしかしたらそうなったかもしれない、龍馬と佐那の未来の姿を思わせる。なお、謙明は山梨県の名望家にして自由民権運動家。家財を人々のために、惜しみなく使い続けた。作者はこの人物に思い入れがあるようなので、いつか彼を主人公にした長篇を書いてほしいものだ。

そして人斬り以蔵こと岡田以蔵と、飲み屋のおきちのカップル。もがくような以蔵の生き方を、作者はおきちを巧みに使って表現する。こうした男女に当てられたスポットライトの照り返しが、佐那と龍馬を多角的に浮かび上がらせるのである。

さらに龍馬に人斬りを止《や》めるようにいわれた以蔵が、ひとり泣く場面も留意すべきものがある。そんな以蔵の姿を見てしまった佐那は、

「——あのような人は他にもいるはずだ。殺し合いは身分の低い者がやらされる。

　いつの世も、身分の低い末端の者が犠牲者になるのだと——」

と思う。終盤、京都に赴《おもむ》いた佐那が、龍馬と中岡慎太郎の墓の前で、多数の無銘《むめい》の志士の姿を見、声を聞き、「生き残った者たちは、この御柱の、墓の叫びを忘れてはいけないのではないだろうか」と思う場面もある。権力者にいいように使われる末端の悲しみや、時代の中で命を懸けた人々の想いを、作者は掬《すく》い上げる。忘れてはならない過去が、ここにあるのだ。

　さて、龍馬が死んでも佐那の人生は続く。そもそも佐那が龍馬の許嫁だったというのが、どこまで信じていいのか分からない話だ。それでも多くの人が許嫁であり、龍馬の死後も彼一筋に生きたと信じたのは、こうした純愛ドラマが好まれるからだろう。どちらかといえば、私もそうだ。ところが二〇一〇年、佐那が元鳥取藩士の山口菊次郎と結婚したという新聞記事が発見され、大いに困惑することになる。

　作者はこの結婚を、佐那の揺れ動く心情に寄り添い、納得する形で表現している。それまで積み重ねてきた、彼女のキャラクターがあればこそだ。数年で菊次郎と離婚すると、ひとりで生きるようになり、学習院の舎監を経て、『千葉鍼灸院』に落ち着く。とはいえ晩年にも苦労があった。そのように波乱の人生を歩みながら、龍馬を忘

れられないでいた彼女は、

「自分の人生は龍馬を慕い続けた一生だった。だが佐那は、これで良かったと思っている。悔いはなかった」

という境地に至るのだ。佐那だけでなく、誰だって過去を背負っている。その中には、失敗や後悔もあるだろう。生きているのなら、当たり前のことだ。でも一方に、楽しいことや幸せな記憶もある。佐那ならば龍馬との思い出。これを胸の奥に大切にしていたから、彼女は〝悔いはなかった〟と、断言できるのだ。ここに作者が本書で書きたかった、テーマが凝縮されているのである。

この解説を執筆している今、コロナ禍は収まらず、ロシアはウクライナに侵攻中である。まさか、こんな時代を生きることになるとは思わなかった。だからこそ、佐那の生き方には見習うべきものがある。できれば彼女のように、私たちも悔いはなかったといえる人生をおくりたいものだ。

二〇二二年四月

この作品は2019年7月徳間書店より刊行されました。

徳間文庫

龍《りゅう》の袖《そで》

2022年5月15日 初刷

著者 藤《ふじ》原《わら》緋《ひ》沙《さ》子《こ》

発行者 小宮英行

発行所 株式会社 徳間書店

東京都品川区上大崎三−一−一 目黒セントラルスクエア 〒141−8202

電話 編集〇三(五四〇三)四三四九 販売〇四九(二九三)五五二一

振替 〇〇一四〇−〇−四四三九二

印刷 製本 大日本印刷株式会社

ISBN978-4-19-894742-2 (乱丁、落丁本はお取りかえいたします)